AF272638

Personen und Handlung aller Geschichten sind frei
erfunden. Ähnlichkeiten mit lebenden oder toten
Personen wären rein zufällig.

Caren Löwner

Kleine Ostholsteiner Geschichten

Alle Rechte liegen bei der Autori
www.deutsche-krimi-autoren.de
Titelbild: Caren Löwner
Herstellung und Verlag: Books on Demond GmbH,
Norderstedt
Printed in Germany August 2007

ISBN 978-3-8370-0291-1

Caren Löwner

Kleine Ostholsteiner Geschichten

11 Kurzgeschichten zwischen Wellen und Wind

(für mich)

Inhalt:

In den Fängen der Freifrau

Freitagmorgen. Gleich ist es acht Uhr. Nach der kurzen Nacht bin ich wie gerädert. Der letzte Krimi, den ich mir gestern auf meinem Nachttisch gelegt hatte, ließ mich bis in die frühen Morgenstunden nicht los. Jetzt versuche ich mit einer Tasse Kaffee wieder ein Mensch zu werden. Der Radiosender „Welle Nord" teilt mit, dass das Hoch, dass uns dieser Mai beschert, weiterhin anhalten wird. Ein Blick nach draußen verrät mir, dass es stimmt. Sonnenschein, kein einziges Wölkchen ist zu sehen. Diesen Tag werde ich nutzen um eine Einkaufstour nach Lübeck zu unternehmen. Ich gehe in mein Arbeitszimmer um meine Einkaufsliste zu holen. Als ich das Wort „Pressehaus" lese, huscht ein Lächeln über mein Gesicht. Ich benötige unbedingt einen neuen Krimi. Der Autor und Titel stehen bereits fest.

Mit meinem kleinen, schwarzen Auto starte ich von Oldenburg und fahre in Lensahn auf die Autobahn Richtung Hamburg. Während der Fahrt ist „Welle Nord" mein Begleiter und es wird flotte Musik gespielt. Keine vierzig Minuten später nehme ich die Abfahrt Lübeck Mitte, komme sicher durch den Kreisel und reihe mich ein Richtung Hauptbahnhof. Auch durch den zweiten Kreisverkehr lenke ich mein Auto souverän und fahre weiter zur Trave hinunter. Kurze Zeit später steht mein Auto sicher im Parkhaus des Kaufhauses. Heute habe ich nur ein Utensil dabei: meine Handtasche. Dort verstaue ich den Parkschein und meinen Autoschlüssel und begebe mich dann direkt in die Königsstrasse um diverse Geschäfte zu erstürmen. Für die nächsten Stunden habe ich mir einen genauen Plan zurecht gelegt. Zuerst zum Kaufhaus, danach ins Pressehaus und weiter bis zum Modegeschäft. Auf dem Rückweg werde ich einige kleinere Geschäfte aufsuchen. In der Königsstrasse, der Haupteinkaufsstrasse von Lübeck, ist bereits Betrieb. Die meisten Geschäfte sind geöffnet, haben Ware im Außenbereich aufgebaut und warten auf die ersten Kunden. Mir begegnen Menschen die es eilig haben und Menschen die wie ich, im Bummelschritt über die Königsstrasse gehen. Einige haben große Einkaufstaschen bei sich. Die sind bereits fündig geworden. Andere betrachten die Auslagen und prüfen die Angebote. Ein paar Jugendliche mit einem Hamburger in der Hand schlendern vorbei. Morgens um halb Zehn. Ich muss Schmunzeln. Nochmals überprüfe ich meine Handtasche. Habe ich auch nichts vergessen? Das Parkticket ist vorne im Seitenfach der Handtasche, die Geldbörse befindet sich im Mittelfach und mein Handy ist in meiner Jackentasche.

Derartig gerüstet betrete ich das Kaufhaus. Sofort schlagen mir verschiedene Duftwelten entgegen. Jede Angestellte der Abteilung wandelt in einer Parfümwolke. Jasmin, Veilchen, Rosen und Lavendel kann ich erschnuppern. Sind blumige Düfte in diesem Jahr angesagt? Das werde ich später noch ergründen.

An der Rolltreppe finde ich die Übersichtstafel, und selbst hier erdrückt mich noch die Duftwelt. Eine junge Mutter mit ihrem zappelnden, kleinen Jungen, der ständig einen Hüpfer macht, versucht sich ebenfalls zu orientieren und wird dabei fast von einem jungen Mann getreten, der einige Schritte rückwärts geht. Bevor es an der Übersichtstafel zu einem Gedränge kommt, habe ich mein erstes Ziel gefunden:

Die Spielwarenabteilung. Mit drei Schritten bin ich auf der Rolltreppe. Angekommen in der Abteilung riskiere ich es nicht nach Verkäufern zu suchen. Die Bauwelten für kleine und große Jungen sind nach Markennamen getrennt und sehr übersichtlich sortiert. Für meinen jüngsten Neffen finde ich einen Trecker und für den Großen eine Feuerwehr zum Selbstbau. Daran werden meine Neffen sicher viel Spaß haben. Neben mir hüpft es plötzlich und dann schreit es laut: „Das will ich auch". Der kleine Junge von der Übersichtstafel geht es mir durch den Kopf. In dem Moment kommt auch die Mutter abgehetzt an, lächelt kurz, und versucht ihren Sprössling Richtung Kuscheltiere zu ziehen. Ich höre noch „aber ich will!" und eile zur Kasse. Das lässt sich doch alles gut an und ging recht flott. Bewaffnet mit der ersten Beute begebe ich mich wieder zur Rolltreppe. Im vierten Stock erwartet mich die Welt für große Jungs. Multimedia, auch für die Frau von heute ein wahres Paradies.

Auf dem Weg zur Rolltreppe bemerke ich in einem Gang eine ältere Dame, die sich ständig umschaut, dann wieder ein paar Schritte geht, stehen bleibt und wieder schaut. Ob sie das Warenangebot überfordert ist mein erster Gedanke. Sie trägt einen leichten, hellen Sommermantel, Gesundheitsschuhe in beige zum Schnüren und einen eleganten schwarzen Hut. Eigentlich habe ich Zeit, und kann eine gute Tat vollbringen. Ich spreche die Dame an und frage, ob ich ihr behilflich sein darf. Und dann geschieht es, einfach so und wie aus heiterem Himmel: sie krallt sich an mir fest und fängt sofort mit einer endlosen Rede an. Heutzutage hätte niemand mehr Zeit um sich um andere zu kümmern, alle hasten nur vorbei und sie sei doch schließlich schon so alt und der Urenkel soll doch beschenkt werden.

Ich bin baff über diesen Redeschwall und habe Bedenken, ob die Dame wirklich so hilflos ist. Habe ich jetzt die Orientierung verloren? Mein einziger Gedanke war, ihr lediglich den richtigen Weg zu zeigen. Nun krallt sie an meinem Arm. Sie einfach wegschubsen kann ich nicht. Also muss ich Worte finden um ihr entsprechende Fragen zu stellen. Der Urenkel war gerade erst geboren. Da war es wohl nichts mit Spielzeug wie Matchboxautos und ähnlichem. Wahrscheinlich war das Kinderzimmer mit Kuscheltieren bereits gut bestückt. Warum musste es etwas zum Spielen sein? Vielleicht freut sich die Mutter des Kindes viel mehr über etwas Kleidung. Diesen Vorschlag mache ich der älteren Dame, damit sie allein in die Kinderabteilung gehen kann. Sie ist von meinem Vorschlag entzückt, aber ihre Krallen um meinen Arm verlassen mich nicht. „Die Abteilung für Kinderbekleidung ist im dritten Stockwerk", erzähl ich der Dame. Freundlich weise ich ihr die Richtung zur Übersichtstafel. Fröhlich bekomme ich zur Antwort: „Das weiß ich. Da habe ich letztes Jahr für den Nachwuchs meiner Nichte etwas gekauft." Etwas beleidigt schaue ich die Dame an. Anscheinend kennt sie sich bestens im Kaufhaus aus. Da mein Arm immer noch umkrallt ist, muss ich mit in die Kinderabteilung. Fährt man mit so einer alten Dame noch Rolltreppe? Ich beschließe uns beide sicher mit dem Fahrstuhl in die Kinderabteilung zu bringen. Ziemlich forsch geht die alte Lady an meinem Arm zum Fahrstuhl. Egal wie ich mich bewege, sie hält an mir fest. Hat die Lady ein verschmitztes Lächeln aufgesetzt? Vor dem Fahrstuhl stehen schon fünf weitere Fahrgäste und ich bete inständig, dass die Kabine eine ausreichende Größe hat. „Ich liebe Fahrstuhlfahren", tönt es neben mir. „In diesem Kaufhaus sind die Fahrstuhlkabinen sehr groß, da passen locker fünfzehn Personen hinein." Ich atme langsam ein und aus und überblicke nochmals wie viele Personen den Fahrstuhl entern wollen, aber zum Glück sind es nicht mehr geworden. Nach überstandener Fahrstuhlfahrt erreichen wir die Kinderabteilung. Dort werden wir schnell fündig und in Gedanken bin ich schon im Multimediabereich. Innerlich atme ich auf, dass meine eiserne Lady sich so zügig für eine blaue Jeans und ein rotes Sweatshirt entscheiden konnte. Ich begleite die Dame noch zur Kasse. Es wird Geld getauscht, das Geschenk eingepackt und nun stehen wir hier. Ich möchte mich jetzt gerne ausklinken, doch nachdem die Lady alles verstaut hat umklammert sie umgehend wieder meinen Arm. Da stehen wir nun. Die alte Dame und ich. Schon eine halbe Stunde hatte dieser ganze Akt gedauert und ich will doch endlich meine anderen Einkäufe erledigen. Was sagt man jetzt? Wie verabschiedet man sich? Doch ich brauche keine Worte mehr. „Jetzt sollten wir einen Kaffee trinken gehen meine Liebe. Den haben wir uns wirklich verdient. Meinen sie nicht?" Diese Einladung kann ich nicht ausschlagen.

Diesmal zieht die eiserne Lady mich zum Fahrstuhl, den wir für uns alleine haben und betreten dann im vierten Stock die Cafeteria des Kaufhauses. Endlich, in der Cafeteria bin ich frei. Nein, nicht wirklich frei. Denn nun halte ich ein Tablett in den Händen mit einem Kännchen Tee für die Dame und einem Kaffee für mich. Sie sucht den Platz aus und macht es sich bequem. Das bedeutet: Sie öffnet den Mantel vorsichtig, jeden Knopf mit Bedacht. Ich helfe ihr beim Ausziehen, dann legt sie ihn sorgfältig über die Lehne des Stuhls, wischt mit der Hand noch ein imaginäres Staubkörnchen ab und nimmt Platz. Während ich in den Kaffee die Kaffeemilch gebe, zelebriert meine Lady die Zubereitung ihres Tees. Dann schaut sie mich aus listigen, klugen, Augen an und sagt. „Ich bin Freifrau Luise von Beuten." Adel, ist mein erster Gedanke und in meinem Wortschatz suche ich nach der entsprechenden Anrede. Hoheit? Madam? Baronin? Doch auch diesmal ist mein Gegenüber schneller. „Sagen sie einfach Luise zu mir. Ich mag junge Menschen und freue mich immer, wenn ich Kontakt zu ihnen finde." Nun ja, junger Mensch ist für mich schon eine höfliche Übertreibung, aber mit ihren Augen gesehen bin ich ein Backfisch. So sehr ich mich auch bemühe, dass Alter der Freifrau kann ich nicht einschätzen.

Nun ist schon fast eine Stunde vergangen. Wir sitzen immer noch in der Cafeteria und die Freifrau erzählt mir aus ihrem Leben, die meisten Geschichten von früher, wahrscheinlich weit vor meiner Geburt. Ich muss hier fortkommen und in Gedanken suche ich nach einer Möglichkeit. Meine gute Laune geht schon gen Null und ich ertappe mich immer öfter dabei, dass ich auf den Redeschwall der Lady mit „mh, aha, ja, ja" reagiere. Leider ist die Freifrau nicht so leicht dadurch aus der Ruhe zu bringen. Ich starte einen Versuch um mich aus dem unfreiwilligen Verhältnis zu dieser älteren Dame zu befreien. Doch das wird ein Fehlschlag. Die Freifrau teilt mir mit, dass sie noch überaus gut zu Fuß sei, nichts weiter zu tun habe und mich gern begleiten würde. In mir entstand die Frage, ob ich überhaupt noch Lust auf Shopping habe? Da ich sie hier nicht einfach verlassen kann, überlege ich mir, ob ich sie unterwegs im Kaufhaus verlieren könnte? Vielleicht kann ich sie einem anderen Kunden andrehen? Doch ab dem Moment, wo ich das Tablett zurückgebracht habe, bin ich wieder fest umklammert. Also mit der Freifrau per Fahrstuhl in die Multimedia-Abteilung.

Ob sie überhaupt versteht was ich hier möchte? Womöglich wird jetzt gleich ihr Helfersyndrom einsetzen und ich muss Auskunft geben, was ich kaufen will. Mein Ziel sind die Speicherkarten und aufgrund der Beschriftungen über den Reihen finde ich mein oder besser unser Ziel schnell. In der Hoffnung etwas mehr Freiheit für meinen Arm zu erhalten, suche ich nach einem Verkäufer. Den entdecke ich auch, doch blieb ich mit der Freifrau aufs herzlichste verbunden. Die richtige Speicherkarte in Händen gehen wir zur Kasse. „Ein sehr höflicher und zuvorkommender Verkäufer, finden sie nicht auch", kommentiert meine Lady den eben vollzogenen Kauf. Innerlich atme ich auf, dass meine eiserne Lady, ohne sich einzumischen, allerdings skeptisch beobachtend, meinen Einkauf über die Bühne gehen ließ. Laut meinem eigenen Plan soll nun die Damenoberbekleidung von mir erstürmt werden. Ein beigefarbener Rock zu meinem braunen Pullover will ich kaufen. Aber wie? Die Freifrau am Arm, auf dem anderen fünf Teile, stolpernd in die Umkleidekabine... nein, das geht nicht. Wir müssen nach draußen an die frische Luft. Wenn diese Freifrau so alt ist, wie sie aussieht und alteingesessene Lübeckerin, dann müssen dort draußen noch mehr dieser Generation herumlaufen, denen sie sich anschließen kann. Der Gedanke war gut, eigentlich schon fast perfekt.

Nachdem wir mit dem Fahrstuhl im Erdgeschoss angelangt sind geht es zurück auf die Königsstrasse. Meine Lady hält eisern meinen Arm umkrallt. Hier wimmelt es von Menschen die ihren Geschäften und Besorgungen nachgehen. In dem hektischen Treiben versuchen sich Straßenmusiker Gehör zu verschaffen. Bei einem Geigenspieler bleiben wir kurz stehen. „Schön, nicht wahr?" Meine Lady scheint ihre Musikrichtung entdeckt zu haben. Na ja, über Geschmack lässt sich bekanntlich streiten, aber ich nicke zumindest mit dem Kopf, denn ich will nicht unhöflich sein. Nur noch wenige Schritte bis zum Pressehaus. Kurz vor dem Eingang zieht meine Dame mich zur Seite. Sie hat eine Bekannte entdeckt und man tauscht sich aus über Wetter, Gesundheit und Familie. Endlich! Das ich meine Chance. Jetzt hat sie Gesellschaft und ich kann meinen Tag doch noch nach meinen Wünschen gestalten. Durch Watte dringen erstaunliche Worte an mein Ohr. „Oh nein, sie hat heute keine Zeit zum Essen gehen, da sie mich bei meinen Einkäufen begleiten müsste." Schnell, ich muss etwas sagen. Doch mein Gedankenchaos lässt sich nicht so schnell lichten und somit bleiben die Freifrau und ich auch verbunden als wir das Pressehaus betreten.

Im Erdgeschoss sind die Neuerscheinungen ausgestellt. Gerne würde ich das ein oder andere Buch in die Hand nehmen, doch mein Arm, der mittlerweile an einigen Stellen Taubheit signalisiert ist im festen Griff der Freifrau. Entzückt zeigt sich meine Begleitung über die Vielzahl der Bücher und zerrt mich Richtung „Kochbücher", Neuerscheinungen. Ich bin entsetzt, denn Kochen gehört nun wirklich nicht zu meinen Vorzügen. „Heutzutage wird viel zu viel Fastfood gegessen. Und wer noch kocht ist Prominent. Schauen Sie mal hier. Wieder ein Promi der ein Kochbuch herausgebracht hat. Die kleckern und schmieren in winzigen Töpfen umher, glauben neue Kreationen erschaffen zu haben, dabei wurden die meisten Rezepte viel früher erfunden." Meine Lady hat sich in Rage geredet. „Lassen sie uns in die erste Etage fahren", sage ich zur Freifrau, mit dem Hintergedanken endlich in meine Abteilung „Krimi" zu gelangen. Bevor sie weitere Ratschläge oder Meinungen über Kochkünste kundtun kann, ziehe ich sie zum Fahrstuhl. „Welche Art von Literatur suchen Sie denn?" fragt mich die Lady. Freudestrahlend erzähle ich ihr von meiner Leidenschaft für Krimis. „Ein Krimi? Das ist doch nichts für eine junge Frau. Meine Liebe sie sollten sich mit Büchern alter Meister befassen. Kennen Sie Schoppenhauer? Haben Sie Goethes Wanderjahre gelesen? Zu meiner Zeit wurden in den großen Lübecker Salons Gedichte gelesen, was die Damenwelt entzückt hat." Die Namen der Autoren habe ich mit Sicherheit gehört, aber über die feinen Lübecker Salons Anfang des 19. Jahrhunderts wusste ich nichts. „Kommen Sie, dort hinten sind Regale mit Gedichtbänden. Da werden wir sicher etwas hübsches finden, womit sie sich am Abend beschäftigen können." Mir steht der Sinn nicht nach Gedichten oder Poesie, einen Krimi will ich mit nach Hause nehmen. Nochmals versuche ich meine Freifrau zum Fahrstuhl zu bewegen, doch leider ohne Erfolg. Schnell und geübt schaut sie sich die Titel an und bleibt an einem kleinen Gedichtband hängen. „Goethe ist in jeder Situation für eine Frau die richtige Lektüre." Das mag ja sein, aber Goethe steht nicht auf meinem Einkaufszettel. Wie bekomme ich die Freifrau endlich in die richtige Abteilung? Unruhig bewege ich mich hin und her, versuche einen Schritt zu machen, doch sinnlos. Die Freifrau hängt immer noch an meinem Arm. „Bevor sie sich einen Mörder mit nach Hause nehmen und später von schrecklichen, blutigen Verbrechen träumen, sind sie mit einem Gedichtband auf der sicheren Seite. Hier finden sie Ruhe und können die Gedichte auch interpretieren, sich mit ihnen auseinandersetzen." War das mein Wunsch? Wollte ich mich mit herzzerreißender Prosa auseinandersetzen? Ich lechze nach einem Krimi und möchte gerne in die erste Etage. „Haben sie am Eingang all die schauerlichen Buchcover gesehen? Schrecklich. Kein Wunder das es so viel Gewalt auf der Welt gibt", tönt neben mir die Freifrau und nickt bestätigend zu ihren Worten. Wie konnten unschuldige Buchcover Schuld am Weltgeschehen sein, schießt es mir durch den Kopf.

Endlich gelingt es mir die Dame von den Gedichten zu entfernen. Gerade kommt der Fahrstuhl an und noch bevor mich ein neuer Monolog erreicht sind wir drin. Dieser Fahrstuhl ist klein und wir teilen den wenigen Platz mit vier weiteren Personen. Im ersten Stock stürze ich förmlich aus dem Fahrstuhl und fast wäre meine Freifrau gefallen. Sie ist nicht gestürzt, aber ihr Blick zeigt Bestürzung. Vom Fahrstuhl aus nach links, dann sind wir in der Abteilung für „Krimi".

Auf dem Weg dorthin schwärmt meine Lady von Tolstoi. Wieder nur ein Name, den ich schon mal gehört habe, der mich aber nicht interessiert. Mein Blick geht über die Tische mit den Neuerscheinungen. Meine Freifrau sieht sich um und staunt. Noch hat sie nicht aufgeben sich um mein Seelenheil zu kümmern.

„Hier werden sie nichts finden." Doch, denn genau in diesem Moment habe ich es entdeckt. Ganz am Ende der Tischreihen liegt das Buch mit dem Titel „Die Tote trug ein rotes Kleid".

Plötzlich bin ich frei. Mein Arm wird nicht mehr umkrallt. Was ist geschehen? Dann höre ich die empörte Stimme meiner Freifrau. „Sie wollen sich doch nicht wirklich einen Mörder nach Hause holen? Schauen sie sich dieses schauderhafte Buchcover an!" Ich schaue mir das Buchcover an und bin fasziniert. Auf dem Cover ist eine Frau mit langen schwarzen Haaren, einem roten Abendkleid, roten Schuhen und einem Messer im Hals abgebildet. „Zu meiner Zeit wären derartige Bücher in keinem Salon aufgetaucht, junge Frau." Die Dame spricht sehr laut und einige Kunden schauen herüber. Mir ist die Situation peinlich und ich will nur noch raus. Ob mit oder ohne Freifrau, am liebsten natürlich ohne. Sehr ernsthaft schaut mich die Freifrau nochmals an, ist voller Entrüstung, wendet sich zum Fahrstuhl und rauscht von dannen. Mit meinem Lesegeschmack habe ich die bislang liebenswürdige Freifrau so schockiert, dass sie mich vielleicht in die kriminelle Schiene einordnet. Aber der Gedanke einen Gedichtband zu kaufen, nur um meine Lady glücklich zu machen, ließ mich erschaudern. Nein, so weit geht meine Hilfsbereitschaft doch nicht.

Unter merkwürdigen Blicken und mit einem mulmigen Gefühl im Bauch, aber mit dem gewünschten Krimi, verlasse ich das Pressehaus. Frei und ungebunden.

Ein Stiefel und ein Hut

Der nasskalte und regnerische April bringt endlich einen schönen, warmen Tag mit nur leichtem Wind hervor. Nicht überall kommt die Sonne durch, doch die bedrohlichen Wolken der letzten Tage sind fast verschwunden. Ich überlege nicht lange. Packe meinen Rucksack mit Getränken, einen kleinen Imbiss und meiner Fotokamera. Dazu lege ich eine Kladde für Notizen und Gedanken. Mein heutiges Ziel ist die Insel Fehmarn, der Fehmarnsund. Auf meiner Fotosafari vor zwei Wochen an der Großenbroder Fähre war mir eine kleine Werft aufgefallen. Auf meiner Landkarte von der Insel schaute ich mir die Straßenverbindungen an und entdeckte auch die Möglichkeit direkt unter die Fehmarnsundbrücke zu gelangen.

Die Fahrt mit meinem kleinen Auto über das neue Teilstück der Autobahn bis Gremersdorf geht recht zügig. Langsamer verläuft die Fahrt nach Heiligenhafen auf der B 207, die von Anfang bis Ende eine Baustelle ist. Nachdem dieses Nadelöhr überstanden geht es flott weiter. Großenbrode lasse ich rechts liegen und fahre auf die Sundbrücke. Erste Sonnenstrahlen begrüßen mich. Das werden gute Aufnahmen. Der Blick von der Brücke Richtung Ostsee ist leicht diesig und Boote sind nicht zu erkennen. Eine Kolonne aus LKWs und Pkws kommt mir entgegen. In Puttgarden muss vor kurzem eine Fähre eingelaufen sein. Jetzt wird sich dieser Pulk bis Gremersdorf ziehen, bevor die Fahrer auf der Autobahn freie Fahrt bekommen.

Nachdem ich die Brücke passiert habe, nehme ich die erste Ausfahrt und fahre Richtung Avendorf. Von dort führt ein direkter Weg zum Fehmarnsund. Mein Auto lass ich im Niemandsland stehen, greife meinen Rucksack, hole die Kamera heraus, laufe ein paar Schritte auf dem teilweise unebenen Gelände. Aus dieser Perspektive erscheint das Brückenbauwerk gigantisch. Richtig majestätisch wirkt die Verbindung zwischen Festland und Insel. Fast 45 Jahre hat die Fehmarnsundbrücke auf dem Buckel. Wenn jetzt ein Zug über die Brücke fährt, ist mein Glück perfekt. Meine Kamera in den Händen bewege ich mich vorsichtig auf dem Gelände. Eine kleine Wildnis ist hier im Laufe der Jahre entstanden. Mein Blick geht hinauf zur Brücke und in diesem Moment kommt ein Zug. Super! Auf meinem kleinen Kameramonitor kann ich die Fahrt des Zuges verfolgen. Noch ein bisschen dichter muss er kommen, dann kann ich den Auslöser klicken.

Doch bevor ich den betätigen kann, rutsche ich weg. Verdammt! Wie habe ich es nur geschafft auf einer ebenen Grasstelle wegzurutschen? Natürlich ist der Zug fort und meine Laune sinkt. Am Boden entdecke ich den Übeltäter: ein Gummistiefel. Wie kommt der hierher? Wütend schaue ich den Stiefel an. Hat ihn jemand verloren? Mein Blick sucht die Umgebung ab, doch ich bin allein. Dann bewege ich mich ein paar Schritte weiter um wieder das Ziel meiner Begierde vor die Linse zu bekommen. Den Stiefel habe ich schon vergessen. Endlich schaffe ich es den Auslöser zu drücken. Eine Aufnahme ist schon mal im Kasten. Leider ohne Zug, dafür mit verschiedenen Fahrzeugen, die gerade die Sundbrücke passieren. Nach fünf weiteren Fotos wende ich mich von der

Brücke ab und suche nach der kleinen Bootswerft am Fehmarnsund. Für den Moment verstaue ich meine Kamera in der Sicherheitsbox und setze vorsichtig meine Schritte durch die wilde Natur zum Wasser fort. Und Bums, beim letzten Schritt, da rutsche ich zum zweiten Mal. Mit einer Hand kann ich einen Sturz verhindern. Nach dem letzten Regentag ist es noch matschig und meine Hand hat etwas von der Pampe abbekommen. Im Rucksack finde ich ein Taschentuch und säubere die Hand. Was für ein Glück, die Kamera war sicher in der Box. Erst jetzt geht mein Blick auf den Boden und siehe da: ein gelber Hut, sieht aus wie ein Regenhut. Wenn ich Jäger und Sammler wäre, hätte ich heute einen Glückstag. Ein Stiefel und ein Hut ist doch gar keine schlechte Ausbeute. Aber woher kommt der Hut? Und wo liegt der Stiefel? Ich drehe mich zur Landseite und kann den gelben Stiefel erkennen. Er liegt nicht weit vom Hut entfernt.

Sehnsüchtig schaue ich nochmals zur kleinen Werft, doch die Lust am fotografieren ist mir vergangen. Um wieder auf den Pfad zu gelangen, muss ich noch ein paar Schritte gehen und komme erneut an dem Stiefel vorbei. Die Farbe ist gelb und er hat einige rötliche Sprenkel. Zu wenige, als das dieser Stiefel so im Handel verkauft worden wäre. Ich beuge mich zu dem Stiefel hinunter. Mit einem Stock bewege ich ihn. Auf der anderen Seite ist er satt gelb, aber auf dieser Seite hat er rötliche Sprenkelungen. Da wird jemand nach Beendigung der Malerarbeiten am Boot den Stiefel entsorgt haben, da die Farbe sich nicht mehr entfernen ließ. Hat der Hut auch Farbflecken? Ich gehe zurück und schaue ihn mir genauer an. Ja, den einen oder anderen rötlichen Punkt kann man erkennen. Mit meinem Stock drehe ich ihn um und stelle fest, dass der Hut auf der unteren Seite stark verschmutzt ist und ebenfalls rostige Farbe aufweist. Der war wohl auch nicht mehr zu retten. Ob jemand von der Bootswerft den Stiefel und den Hut achtlos entsorgt hat? Zu gebrauchen sind die Gegenstände nicht mehr. Selbst für Jäger und Sammler ist das nur Müll.

Ich bewege mich Richtung Wasser. Von dort aus habe ich einen ganz guten Blick auf die Werft und kann doch noch ein Foto schießen. Ich mache meine Kamera bereit und habe im Sucher mein Motiv festgelegt. Nur ein winziger Schritt noch. Dieser winzige Schritt wird mir zum Verhängnis. Bäuchlings schlage ich hin. Mit ausgestreckten Armen kann ich verhindern, dass meiner Kamera nichts passiert. Langsam und mühsam rappele ich mich auf die Knie und das Wort „Mist" geistert durch mein Gehirn. Am Ellenbogen verspüre ich einen Schmerz. Doch ich ignoriere ihn. Vor mir liegt ein Rucksack. Sofort tastet meine Hand nach hinten, obwohl das unsinnig ist, denn allein schon durch das Gewicht auf meinem Rücken ist klar, dort liegt nicht mein Rucksack. Wem gehört dieser Rucksack? Wütend stelle ich mich wieder hin und blicke von oben böse auf den Rucksack, der mich zu Fall gebracht hat. Meinen Fuß kann ich kaum ruhig halten und würde dem Rucksack gerne einen Tritt versetzen.

Ein weiteres Mal war ein gutes Motiv dahin. Soll ich erneut meine Kamera einrichten oder doch endlich auf den Pfad zurückgehen? Meine Gedanken wirbeln durcheinander. Mein Blick landet wieder beim Rucksack. Der sah gepackt aus, fast neu und wies keine rötliche Farbe auf. Verloren? Hat ein Wanderer seinen Rucksack hier vergessen? Aber das merkt man doch. Ich spähe über das Gelände, aber außer mir ist niemand unterhalb des Sunds und niemand auf dem Weg in meine Richtung. Der Rucksack kann schon tagelang hier liegen. Nein, dass kann er nicht. Heute ist der erste regenfreie Tag nach einer Woche und der Rucksack ist trocken. Selbst der Matsch hat ihm nichts angetan, denn sanft ruhend liegt er auf einer alten, abgestorbenen Baumwurzel. Liegen lassen, sich einfach nicht darum kümmern und zurück auf den Pfad. Nochmals werfe ich einen Blick zur Werft hinüber und überlege mir die Sache mit dem Foto. Nein, eigentlich habe ich die Nase voll und wenn ich meine Kleidung so betrachte, wird es Zeit sich ein wenig zu reinigen. Also Richtung Pfad und weiter zum Auto.

Nochmals blicke ich zum Rucksack. Meine Augen suchen die Fundorte vom Stiefel und dem Hut. Wenn mein Orientierungssinn mich nicht im Stich ließ, befinden sich die Fundstücke in einer Linie die direkt zum Wasser weist. Eine Gänsehaut jagt mir über den Rücken. Und wenn hier doch eine weitere Person ist? Jemand der sich versteckt? Zum Brückenpfeiler hin wird das Gelände immer undurchdringlicher. Dort kann eine Person sein. Ein Mann? Ein Unhold? Auf der gegenüberliegenden Seite ist die kleine Werft. Ein naher Fluchtort um von dort zur Straße zu verschwinden. Beide Möglichkeiten behagen mir nicht. Mit meinem Zeigefinger berühre ich meine Lippe, umrunde abermals den Rucksack, kann aber nichts gefährliches entdecken. Eine Entscheidung muss her: Der Linie der Fundstücke folgen und zum Wasser gehen, oder den Rucksack öffnen? Ich entscheide mich für den Rucksack. Ruckartig gehe ich in die Hocke und ratsch... der Reißverschluss vom

Hauptfach ist geöffnet. Dunkelheit schlägt mir entgegen. Meine Hand geht vorsichtig in den Rucksack und ich befördere einen schwarzen Pullover zu Tage. Ansonsten ist das Fach leer. Nicht sehr ergiebig ist mein Gedanke. Nun öffne ich geschwind die beiden anderen Fächer. Zwei Bücher, einige Stifte, eine Cremetube und diverse Bonbons kommen zum Vorschein. Aber kein Hinweis auf die Person, welcher dieser Rucksack gehört. In den Seitenfächern finde ich noch Tempotaschentücher und ein Handy. Das muss doch jemand vermissen! Ich würde doch sofort nach meinem Rucksack suchen, wenn mein Handy darin ist. Geld und Papiere hat die Person wohl am Körper getragen. Wieder schaue ich mich um, aber ich bin allein und doch glaube ich auf meinem Rücken Blicke zu spüren. Pure Einbildung. Das kommt vom Krimilesen.

Ich überlege wem ich meinen Fund melden soll und wo er abzugeben ist. Doch zuerst räume ich den Rucksack wieder ein. Die Bonbons sind klebrig, und klebrig sind auch meine Finger. Das Ostseewasser ist nah. Der leichte Wellengang ermöglicht das Abspülen der Hände. Während ich mich dieser Tätigkeit widme versuche ich mich an einen Gedanken zu erinnern, den ich vor wenigen Minuten hatte. Was war das nur? Es war wichtig. Auf einer kleinen Mole am Wasser stelle ich meinen Rucksack ab und fingere ein Taschentuch heraus. Noch bevor ich den fremden Rucksack öffnete wollte ich einer Spur folgen. Welche war das? Mein Blick geht hinüber zur Großenbroder Fähre. Dann zurück zu meinem Rucksack, bleibt aber vorher hinter der Mole hängen. Da liegt ein Mensch. Wasser und Blut mischen sich. Ich schließ die Augen und reiße sie erneut auf. Einen weiteren Blick hätte ich nicht riskieren sollen, denn umgehend stülpt mein Magen sich um. Ich kotze mir buchstäblich die Seele aus dem Leib. Ob ich Tatortspuren vernichte ist mir egal. Kein klarer Gedanke ist möglich. Ein Toter. Das viele Blut. Und irgendwo im Hintergrund lauert der Täter. Ein Schüttelfrost erfasst mich und zwingt mich in die Knie.

Später weiß ich nicht, wie lange ich mit der Leiche allein war. Irgendwann habe ich mein Handy genommen und einen Notruf abgesetzt. „Wasserleiche am Fehmarnsund!"

Promi-Begegnung

In Ostholstein hat der Wanderer viele Möglichkeiten seinem Hobby zu frönen. Eine Wanderung kann man direkt am Wasser unternehmen, oder auf einem Deich, aber auch so mancher Waldweg lädt zu einem Spaziergang ein. Bei gutem Wetter sind alle Wege ausgezeichnet begehbar, bei Regen sollte man sich auf befestigte Wege verlassen, oder entsprechendes Schuhwerk tragen.

Mein heutiger Tagesaufflug führt mich bei mildem Maiwetter nach Heiligenhafen. Mein Ziel ist der Binnensee den ich einmal umrunden will. Von Oldenburg starte ich mit meinem PKW, fahre auf das erste Teilstück der Autobahn bis Gremersdorf, um mich dann Stoßstange an Stoßstange durch die Baustelle zu quälen. Die erste Abfahrt führt mich direkt nach Heiligenhafen hinein, über die Ampel, dann scharf links abbiegen und schon kann ich das große Parkgelände am Binnensee erkennen. Mit Schwung in die erste Einfahrt, Wagen abgestellt und verschlossen. Mit einem leichtgepackten Rucksack und meiner Kamera bewege ich mich vom Parkplatz aus gegen den Uhrzeigersinn um den See.

In dem ersten Teilstück des Binnensees befinden sich viele Wasservögel, darunter auch eine Schwanenkolonie. Die Möwen geben sich hier gern ein Stelldichein und was die Verträglichkeit der gefiederten Tiere betrifft, so verschaffen sich die Großen meist das Vorrecht. Oftmals sind hier Eltern oder Großeltern mit Kindern und Enkelkindern unterwegs um Enten und Schwäne zu füttern. Dabei sind die Möwen gar nicht bange und mischen aus der Luft kräftig mit. Sie stürzen sich aus der Höhe auf die Brotkrumen und so manche Ente oder Schwan hat das nachsehen. Von der Spitze des Binnensees schaue ich direkt auf das Ferienzentrum. Zur rechten Seite ist in den letzten Jahren eine Appartementlandschaft entstanden. Doch die Hälfte des Binnensees ist Häuserfrei, nur durch eine Segelschule unterbrochen und somit kann man weit über das ruhige Wasser schauen. Die Maisonne spiegelt sich, ein glitzern entsteht und die seichten Wellen geben dem ganzen Leben. Spaziergänger nutzen den heutigen Tag, aber auch Jogger und Walker mischen sich darunter.

Langsam setze ich mich in Bewegung und gehe auf die Appartements zu. Ein gepflasterter Fußgängerweg führt bis zum Ferienzentrum. Meine Kamera habe ich in der Hand, denn jeden Moment könnte ich ein gutes Motiv finden. Auf der Hälfte der Strecke zur Appartementlandschaft setze ich mich auf eine Bank. Sofort kommen Enten, Schwäne und Möwen herbei. Leider habe ich vergessen Brot mitzunehmen. Dennoch sind die Tiere bereit mir Modell zu stehen und bald habe ich viele Fotos geschossen. Ich sollte weitergehen, denke ich bei mir, aber diese Stille, diese Bank und die gesamte Atmosphäre laden mich ein zum Verweilen. Hinter mir höre ich Spaziergänger, die sich lebhaft unterhalten. Das ist ein Zeichen. Ich stehe auf, packe mein Getränk in den Rucksack, schnalle ihn um und gehe weiter zu den Appartements.

Die Appartementhäuser stehen zur Wasserseite. Gegenüber befinden sich für die Eigentümer und Mieter die Parkplätze. Nur wenige Fahrzeuge sind hier abgestellt, somit dürften nicht viele Feriengäste in den

Appartements sein. Aus einer Tür tritt ein Ehepaar und geht zügig zu den Parkplätzen. Die Frau trägt Schuhe mit hohen Absätzen, die jedes Mal klackern auf dem Asphalt. Ihr Kostüm sieht teuer aus, und das Handtäschchen gab es bestimmt nicht beim Discounter um die Ecke. Mit der Hand geht sie durch ihre kurzen, schwarzen Haare. Ist das Kontrolle, ob alles richtig sitzt? Es sitzt alles perfekt an dieser Frau. Der Mann im hellen Anzug, mit Halbglatze hält bereits den Autoschlüssel in der Hand. Ohne eine Handbewegung wahrgenommen zu haben, klickt die Zentralverriegelung. Wer schließt heute noch mit einem Schlüssel? Der Mann wirkt wie ein Gentleman, dennoch darf die Lady sich selbst die Tür öffnen.

Mein Blick geht vorwärts. In ein paar Minuten werde ich direkt an der Ostsee stehen, den Wind spüren und tief Luft holen. Die seichten Wellen werden ein leichtes Rauschen von sich geben und so wie die Sonne noch stand, ist ein Blick weit über die Ostsee möglich. Vielleicht gelingt es mir dort aus die Fehmarnsundbrücke zu fotografieren. Aus diesen schönen Gedanken werde ich unsanft gerissen, da hinter mir das klack-klack klack-klack zu hören ist. Ein kurzer Blick über meine Schulter bestätigt meine Vermutung. Die Dame ist auf dem Weg zum Appartementhaus. Wahrscheinlich wurde etwas vergessen. Der Fahrer trommelt derweil unruhig auf das Lenkrad. Ein kurzer Blickkontakt zwischen ihm und mir. Dann ist dieser Augenblick vorbei.

Kurz darauf erreiche ich den Wendehammer und habe nur noch ein paar Schritte bis zum Strand. „Hallo Sie!" Ich drehe mich in alle Richtungen und mein Blick bleibt an dem Fahrzeug vom Parkplatz hängen. „Sie haben mich erkannt". Wer? Was? Wie? Wen soll ich erkannt haben? „Nun kommen sie schon her." Was will dieser Mann von mir, der jetzt allein im Auto sitzt. Ich habe keine Ahnung mit wem ich es zutun habe. In Gedanken versuche ich das Gesicht einer Berühmtheit zuzuordnen, was mir aber nicht gelingt. Ein Sänger der Volksmusik, ein Politiker, ein Autor? Kein Bild will so richtig passen zu der Person im Auto. „Das passiert mir immer wieder", tönt der Mann mit einer Brummstimme aus dem Wagen. Wahrscheinlich meint der Mann, dass man ihn erkennt, immer und überall. Dabei habe ich ihn doch gar nicht erkannt. Er ist doch nur der Autofahrer, der mit den Fingern auf das Lenkrad getrommelt hat. Langsam setze ich meine Füße in die Richtung des Fahrzeugs. Mittlerweile hing der Mann halb aus dem Fenster, macht aber keine Anstalten das Fahrzeug zu verlassen. Ob ich ihn fragen soll, wer er ist? Aber ich habe ihn ja erkannt. Weiterhin misstrauisch beobachte ich den Mann. „Nun beeilen sie sich doch mal." Wieder setze ich einen Schritt nach vorne, aber immer noch bedächtig und der Situation angemessen. „Wollen sie Porträt oder Totale?" Ungläubig blicke ich auf den Mann der mir zwei Postkarten entgegenhält, mit denen ich nichts anfangen kann. Auf der einen ist das Konterfei des Mannes abgebildet, welches etwas von einem vergrößerten Passfoto hat. Der Blick ist streng und etwas nach links verzogen. Auf der anderen Postkarte steht ein überlegen, lächelnder Mann an einem großen Findling. Dieses Bild sah nach Marke „Eigenbau" aus, und ich habe Schwierigkeiten den Mann darauf zu erkennen. Das Foto dürfte älter als 10 Jahre sein. Warum will mir dieser fremde Mann unbedingt ein Foto von sich geben. „Ich merke schon, sie können sich nicht entscheiden. Ich werde für sie auswählen."

Ich war mir sicher, dass ich kein Bild von diesem Mann haben will. Wozu auch. Aber, hatte er nicht vorhin etwas von Erkennen gesagt? Wie heißt diese Berühmtheit nur? Es wäre doch wirklich peinlich jetzt noch danach zu fragen. Ob Politiker es nötig hatten ihre Wähler so direkt anzusprechen und gleich Autogrammkarten zu verteilen? Wohl eher nicht. Und ein Sänger der Volksmusik konnte doch nicht wirklich glauben, dass alle Leute bei Karl Moik zu Gast sind und schunkeln. Ein Autor, vielleicht sogar ein Krimiautor, der würde mir doch eher sein Buch signieren.

Ich sollte mich umdrehen. Jetzt und sofort. Einfach diesen Mann allein lassen mit seinen Fotos. Doch da erklang die Stimme wieder. „Sicher wollen sie eine persönliche Widmung. Werde ich immer wieder drum gebeten. Besonders die Damen lieben persönliche Worte." Aha. Mh. Aber ich nicht. Ich habe diesen wildfremden Menschen um nichts gebeten. Weder um eine persönliche Widmung noch um ein Foto von ihm

Weiterhin überlege ich krampfhaft, ob ich das Gesicht des Mannes einer berühmten Person zuordnen kann. Ob der in einer täglichen Seifenoper mitspielt? Dann ist er bei mir garantiert an der falschen Adresse, denn keine davon schaue ich mir an. Immer wieder kommen Passanten an uns vorbei, doch niemand bleibt stehen und erkennt die Berühmtheit. Kein Ausruf: Aber ist das nicht der soundso? Der aus der Serie XYZ? Aus meinen Gedanken reißt mich die Brummstimme des Mannes im Auto. „So, ich habe etwas persönliches geschrieben. Für das bezaubernde Wesen mit dem reizenden Lächeln. Da staunen sie, aber es macht mir Freude persönliche Worte für meine

Fans zu finden." Was? Ungläubig schaue ich den Mann an. Der Mann hält mir strahlend die Postkarte entgegen und wirklich da stehen die gerade gehörten Worte. Noch sind meine Finger nicht so weit, sich in die Höhe zu begeben. Warum soll ich diese Postkarte nehmen? Und dann noch mit diesen salbungsvollen Worten. Ich bin verwirrt und schaue mich erneut um, ob doch noch jemand diesen Mann erkannt hat. Aber außer mir war hier kein Mensch, kein Ansturm auf den Prominenten. Langsam hebe ich meine Hand, um die Postkarte in Empfang zu nehmen. Warum tue ich das?

Auf dem Bürgersteig höre ich die Klackgeräusche. Die Dame schaut aus, als ob sie jeden Moment explodiert. Sie reißt die Fahrertür auf und schmeißt sich auf den Beifahrersitz. Umgehend beginnt sie mit einer Schimpftirade auf ihren Mann. Der versucht mehrmals sich Gehör zu verschaffen. In einer Zehntelsekundepause, in der die Frau Luft holt, hat seine Stunde geschlagen. „Liebling, ich wurde gerade um ein Autogramm gebeten." Die Frau schaut ihn mit geöffnetem Mund an, es kamen keine neuen Worte mehr, nur ungläubiges Staunen. „Die Dame hat mich gleich erkannt."

Er lächelt mir nochmals zu, hebt jovial die Hand und startet das Auto. Die Dame starrt zu mir zurück, und ich schaue dem Auto hinterher, bis sich unsere Blicke trennen. Wer war der Prominente?

Der Aussichtspunkt

Der Marktplatz in Heiligenhafen bietet dem Besucher das Rathaus, Geschäfte und vom Frühjahr bis zum Spätherbst Cafes und Restaurants die mit einer Außengastronomie locken. Im Hochsommer geben sich die Gäste Stühle und Tische in die Hand, zur Kaffeezeit sind die Chancen für einen Platz schlecht bestellt. Der Marktplatz ist fast Autofrei, nur eine Einbahnstrasse führt noch vorbei. Diverse Gebäude wurden in den letzten Jahrzehnten restauriert, dennoch hat der Markt sein Bild erhalten.

Nach einem ausgiebigen, erlebnisreichen Einkaufsbummel durch die Geschäftswelt des Ortes, führt mein Weg mich ins Cafe. Ich entscheide mich spontan für einen Tisch unter der Glaskuppel. Etwas geschützt vom Wind, nicht weit entfernt von den bummelnden Touristen und den hektischen Einkäufern, habe ich dennoch einen guten Blick über dem Markt. Bei der Bedienung bestelle ich ein Kännchen Kaffee mit viel Milch. Aus dem Rucksack nehme ich meine Kladde und den Stift. Menschen beobachten, das Treiben des Tages auf mich wirken lassen. Ein wundervolles Gefühl. Am Rande kleine Pannen beobachten. Eine Einkaufstüte reißt, die Waren liegen auf der Straße. Wer hilft? Auf der anderen Seite eine Familie, deren Kinder sich lautstark erkundigen, wann es nun endlich das Eis gibt. Alltagssituationen. Dennoch können sie sehr spannend sein. Die Bedienung, sehr jung, fröhlich und mit viel Schwung bringt meinen Kaffee. Zu einem Plausch kommt es nicht, denn viele Tische sind belegt und die Gäste möchten Bestellungen aufgeben.

Mein Blick wandert erneut über den Platz, doch nichts nimmt mich wirklich gefangen. Ich wende mich meiner Kladde zu. Doch meine Augen gehen sofort wieder hoch. Vor dem schönen, restaurierten Haus zu dem wenige Stufen zum Eingang führen stehen drei Jungen. Warum interessieren die mich? Jeder hält ein Handy in der Hand. Ob die eine Art Telefonkonferenz führen? Oder spricht jeder mit einem anderen Teilnehmer? Manchmal ticken sie sich an, geben sich Zeichen, aber das Handy bleibt am Ohr. Es sieht ein bisschen nach Rangelei aus, nach freundschaftlichen Klapsen. Ihre Kleidung ist modern. Tief in den Kniekehlen hängende Hosen im Camouflagestil, darüber saloppe Sweatshirts. Die Farben sind dezent, beige, leicht grün und blau. Die Haarfarben dürften echt sein, auch die roten Haare.

Seit mindestens fünf Minuten beobachte ich die drei Jungen und noch immer wird eifrig telefoniert. Gerade will ich meinen Blick erneut in meine Kladde versenken, da stürmt ein Mann aus dem Haus, das mir so gut gefällt. Im Designeranzug wirkt der Mann, der bestimmt schon über Vierzig ist, sehr mondän. Sofort stürmt er auf die drei Jugendlichen zu und versucht sich bei ihnen Gehör zu verschaffen. Von meinem Aussichtspunkt wirkt die Situation grotesk, denn die Jugendlichen lassen sich nicht stören. Weiterhin telefonieren und gestikulieren sie was das Zeug hält. Was für eine Situation? Von Weitem wirken die vier Menschen mittlerweile wie ein Knoten und auch andere Passanten werfen interessierte Blicke. Warum stellen die Jungendlichen nicht das Telefonieren ein und unterhalten sich mit dem Mann? Der Mann scheint wütend zu sein, er redet mit den Händen, deutet immer wieder auf das Haus. Für mich ist klar: der kennt die drei Jungen. Leider sitze ich zu weit weg um seine Worte zu verstehen und Lippenlesen kann ich nicht. Immer mehr Menschen bleiben stehen und ich bete inständig, dass sich niemand vor mein Sichtfenster stellt.

Endlich! Einer der Jugendlichen nimmt sein Handy vom Ohr. Ob das Gespräch beendet ist? Jetzt muss ich meinen Hals doch ein wenig recken, um alles genau zu sehen, denn eine liebe, alte Omi mit Gehwägelchen steht genau in meinem Sichtfenster. Der gutgekleidete Herr hat sich sofort auf den Jugendlichen gestürzt und ihm einen Redeschwall entgegen geschossen. Sehr beeindruckt ist der nicht davon, denn er schaut wieder auf sein Handy. Hat er eine SMS bekommen? Mein Kaffee ist kalt geworden. Wenn ich doch nur die Worte hören könnte. Heute wäre die Wahl für das SB-Cafe eindeutig besser gewesen.

Die Situation ist unverändert: Seitlich stehen zwei Jugendliche die telefonieren, ein Jugendlicher der sein Handy nicht aus den Augen lässt und der feine Herr, der endlos redet. So können die nicht zueinander finden. Kennen sie sich wirklich? Doch, die müssen sich schon mal begegnet sein. Leider bin ich in einem Stummfilm und keiner ist bereit mir nach jeder Szene einen Untertitel zu liefern. Aus den mageren Gesten ist wenig zu entnehmen. Doch mein Aussichtspunkt ist ideal. Langsam kommt die kleine Truppe näher. Die Jugendlichen wollen sich wohl von dem Herrn lösen. Der ist sehr hartnäckig, bleibt an ihnen dran.

Jetzt telefoniert auch der dritte Junge wieder. „Aufpassen" – „nicht durchgehen" sind die ersten Worte die ich verstehen kann. Aber was bedeuten sie? Wer oder was soll aufpassen? Was würde nicht durchgehen? Hört sich das nicht nach einer versteckten Drohung an? Der Mann im Anzug ist weiterhin aufgebracht, aber die Jugendlichen strotzen nur so vor Ruhe, Kraft und Selbstsicherheit. Ich bin mir sicher, ich hätte mich mit den Dreien nicht angelegt. „Kommt mit rein. Man kann alles klären" Aha, der Mann im Anzug scheint keine reine Weste zu haben. Etwas lag wohl im argen. Dann bleiben die Jugendlichen abrupt stehen, nehmen die Handys vom Ohr und der Anzugträger läuft auf die Gruppe auf. Der ist so verdattert endlich Aufmerksamkeit erreicht zu haben, dass er ziemlich blöd aus der Wäsche schaut.

Ich trinke eine weitere Tasse Kaffee. Dabei lasse ich die Situation nicht aus den Augen. Der Anzugträger greift einem der Jungen an die Schulter. Der reagiert auf diese unerwartete Aktion. Er schubst den Mann, so dass dieser auf dem Kopfsteinpflaster landet. Nun fühlen sich andere Passanten bemüßigt in die Sache einzugreifen, denn es kann doch nicht angehen, dass jugendliche Rowdys Bürger belästigen. Damit verkennen aber viele die Situation. Es hagelt böse Worte und gerade kann ich sehen, dass ein Rentner nicht davor zurückschreckt seinen Stock einzusetzen. Die drei Jugendlichen und der Mann versuchen aus diesem Tumult herauszukommen, doch zu allen Seiten werden ihnen die Fluchtwege verstellt. Die ersten Rufe nach der Polizei werden laut. Besorgt kümmert sich eine ältere Dame um den gefallenen Mann. Will unbedingt einen Arzt holen, doch der Mann versucht sich von ihr zu befreien. Er braucht keine Hilfe.

Jetzt bin ich hautnah am Geschehen dran, denn der ganze Tumult hat sich immer näher zu meinen Aussichtsplatz herangeschoben. „Maul halten. Greiser Idiot" das sind Worte die ich verstehen kann und eindeutig von den Jugendlichen kommen. Die wurden allmählich ziemlich übellaunig und es schien so, als würde jeden Moment die Situation eskalieren. Der Mann mit dem Stock war ein eiserner Vertreter seiner Art und sprach gleich von Zucht und Ordnung. Während andere Passanten meinten, dass Fernsehen sei Schuld, das die Jugendlichen heute so viel Gewalt ausüben. Eigentlich hat von denen doch fast keiner mitbekommen, worum es ging. Schließlich ist der Mann diesen Jungs hinterher und wollte unbedingt Aufmerksamkeit. Aus den bisherigen Worten des Mannes kann ich wenig Rückschlüsse ableiten, doch war mir schon klar, die kennen sich und haben auch eine Verbindung zueinander. Welcher Art die wohl ist? Ob es um etwas kriminelles ging? Eine leichte Gänsehaut läuft mir über den Rücken und ich greif zu meiner Kaffeetasse. Ich schaue mich um. Alle Menschen im Cafe blicken gespannt auf die Szene.

Endlich verschafft sich der geschniegelte, geschubste Mann bei den hilfsbereiten Menschen Gehör. „In Ruhe lassen. Weitergehen." Das sind die nächsten Worte die ich höre. Und wirklich so allmählich verlassen die Nebenakteure kopfschüttelnd den Schauplatz. „Herkommen. Aber sofort!" Die Augen des Mannes blitzen in die Richtung der drei Jugendlichen. Die zögern noch kurz, aber dann gehen sie direkt auf den Mann zu. Die Schultern gesenkt und den Blick auf den Boden. Von der vorherigen Selbstsicherheit ist nicht mehr viel übrig. Dafür scheint der Mann jetzt die Oberhand gewonnen zu haben und dies bringt er auch unmissverständlich zum Ausdruck. Einen der Jungen packt er erneut an der Schulter. Diesmal lässt der den Griff zu und schaut immer noch zu Boden. „Das ist eine riesige Schweinerei. Mit mir nicht!" Unruhig rutsche ich auf meinem Stuhl hin und her. Mein Kaffee ist längst getrunken und weiterhin höre ich nur kryptische Worte, deren Sinn sich mir nicht erschließen will. Worum geht es?

Während der Mann einen Jungen mit Schultergriff belegt, piekst sein Finger der anderen Hand auf den zweiten Jungen. Auch der hat den Blick gesenkt. „Das wird sich ändern. Die Chancen vertan." Au backe, das hört sich nicht gut an. Kommt vielleicht doch noch die Polizei? Der Wille des dritten Jungen scheint ungebrochen zu sein. Trotzig blickt er den Mann an. „Das wagen sie nicht." Doch der Mann schüttelt nur stumm den Kopf. Wahrscheinlich über so viel Naivität, denn ganz eindeutig hat der Geschniegelte jetzt das Kommando. „Bitte tue es nicht." Aha, jetzt verlegt sich der Junge im Schultergriff aufs Betteln. Vielleicht kommen noch ein paar Tränen und der erstarkte Mann wird wieder butterweich. Starke Leistung, aber in schwierigen Situationen sollte man es auch mit schauspielerischen Fähigkeiten versuchen. Doch der Mann ist davon nicht beeindruckt. „Rein ins Haus. Zimmerarrest!" Das klärt natürlich die Sachlage. Hier ist ein Vater der seinen Sprössling zur Raison bringt und anscheinend sind das nicht die ersten Probleme.

Mit hängenden Schultern, den Blick auf das Kopfsteinpflaster gerichtet geht der Junge mit. Die anderen beiden zucken mit den Achseln und nehmen wieder ihr Handy in die Hand. Sollte man jetzt an die Geschichte der Zehn kleinen Negerlein denken, so waren es nur noch zwei.

Reise nach Dänemark

Mit der Kaffeetasse in der Hand begutachte ich mein Gepäck und gehe gedanklich nochmals durch, ob ich auch nichts vergessen habe. Eine Reisetasche für vier Tage reicht aus, dazu noch mein Beauty-Case und den Rucksack. Mein Reiseziel ist Nyköbing in Dänemark. Das sind rund 80 km von Oldenburg entfernt. Mit Hilfe des Routenplaners habe ich mir die Strecke angeschaut. Oldenburg über Gremersdorf, Heiligenhafen, an Großenbrode vorbei und über die Sundbrücke. Weiter bis zum Fährbahnhof Puttgarden, mit dem Fährschiff „Lotte" werde ich übersetzen. Nach der Ankunft in Rödbyhavn, muss ich auf die Landstrasse 46 um das Ziel sicher zu erreichen. Ein bisschen mulmig ist mir vor der Fährfahrt. Noch nie bin ich mit dem Auto die Rampe hinaufgefahren. Hoffentlich klappt das Einparken und es gibt ausreichend Hinweisschilder, ob man den Gang Einlegen oder Auskuppeln muss, oder die Handbremse zu betätigen ist.

Ich gehe nochmals ins Bad, überprüfe dann alle Fenster, ziehe den Stecker vom Fernseher und kontrolliere ob die Kaffeemaschine ausgesteckt ist. Ich nehme den Schlüssel vom Brett, hänge meinen Rucksack über und nehme die Reisetasche und das Beauty-Case in je eine Hand. So bewaffnet erreiche ich mein Auto. Alles ist verstaut und die Reise beginnt. Bereits am Vortag hatte ich den Wagen aufgetankt. Der freundliche Mann von der Tankstelle kontrollierte den Ölstand und fuhr das Auto durch die Waschanlage. Mein Blick geht zum Himmel. Dort türmen sich graue Wolken, und Regen ist nicht ausgeschlossen laut Radiomeldung. Egal. In den nächsten vier Tage bin ich auf Sightseeing und gegen Regen gut gewappnet. Gedanklich gratuliere ich mir zum Kauf einer zusammenlegbaren Regenjacke. Sie ist leicht im Rucksack zu transportieren und ebenso schnell zur Hand.

Mein Auto hat nie Macken und springt auch jetzt freudig an. In Oldenburg auf die Autobahn, fahre ich durch die Baustelle zwischen Gremersdorf und Heiligenhafen, an Großenbrode vorbei und über die Sundbrücke. Erste Wolkenlücken zeigen sich bei der Ankunft auf der Insel Fehmarn. In Puttgarden spüre ich zum ersten Mal die Sonne. Vorfreude macht sich breit, und ein Kribbeln im Bauch. Jetzt heißt es sich einzureihen in die Fahrspur für Pkws. Vom Auto aus kaufe ich eine Schiffspassage. Im Abfertigungsbereich sind für Pkws drei Spuren vorhanden und in der zweiten Spur stelle ich mein Auto ab. Noch liegt die Fähre „Lotte" nicht im Hafen. Genau der richtige Moment um noch einige Fotos zu schießen. Auf zwei weiteren Fahrspuren stehen LKWs, Reisebusse und Wohnmobile sowie Wohnwagengespanne. Während die Pkws über die Rampe auf die Fähre fahren, kommen die größeren Fahrzeuge im unteren Bereich des Schiffes hinein. Allmählich macht sich Unruhe bei mir bemerkbar und ich halte Ausschau nach der Fähre. Da kommt das stolze, weiße Schiff. Gerade hat es die Mole passiert. Langsam öffnet sich bereits die Bugklappe. Es sieht aus wie ein riesiger Haifischrachen. Ein Rückblick in den Abfertigungsbereich bestätigt meine Vermutung. Es wird voll werden auf der Fähre.
Dann legt das Fährschiff an und die Entladung beginnt. Aus dem Oberdeck kommen die Fahrzeuge,

unten die Lastwagen und Busse. Auch Motorräder waren auf der Fähre. Ich besteige mein Auto, lege meine Kamera auf den Nebensitz und schaue nach vorne. Bald wird der Einweiser die Schranke freigeben und wir dürfen die Rampe hinauf fahren. Meine Unruhe, aber auch zugleich die Vorfreude steigt. Hinter mir höre ich schon die ersten Motoren, doch bislang passiert an der Absperrung nichts. Auf der LKW- und Busspur geht es los. Sie dürfen jetzt auf die Fähre. Nun geht es auch auf meiner Spur voran. Langsam lasse ich meinen Wagen anrollen und folge dem Weg zur Auffahrt in das Parkdeck. Noch wenige Meter und ich befahre die Rampe zur Fähre. In einer leichten Kurve führt die Rampe zweispurig ins Parkdeck. Kurz hinter der Biegung muss ich auf die Bremse treten.. Das Fahrzeug vor mir hält an. Was soll das? Warum? Ich bin ziemlich erschrocken über diese Aktion und mein Hintermann hat nichts besseres zu tun als ausgiebig die Hupe zu betätigen und wild zu gestikulieren. Ich zucke mit den Schultern. Es ist nicht meine Schuld. Wahrscheinlich hat mein Vordermann den Motor abgewürgt und startet gleich wieder. Doch der Mann steigt aus. Das Auto scheint eine Panne zu haben. So ein Mist! Ich stehe so eng auf, dass ich auch über die zweite Spur nicht ausweichen kann, ohne vorher etwas rückwärts zu fahren. Missmutig, das meine schöne Reise so beginnt, sehe ich den Mann an. Doch der ist die Ruhe selbst. Er schließt das Fahrzeug ab. Was soll das denn? Dann geht er langsam und bedächtig nur mit einer Aktentasche in der Hand über die Rampe an Bord der Fähre. Im Rückspiegel meines Wagens sehe ich meine Gesichtszüge, die keinen intelligenten Ausdruck zeigen. Das ist ein Albtraum. Das kann jetzt nicht wirklich passiert sein. Warum lässt der Mann einfach sein Fahrzeug hier stehen? Ich schüttle meinen Kopf.

Ich stelle den Motor ab und ziehe die Handbremse an. Auf der zweiten Rampenspur rollen weiterhin Fahrzeuge auf die Fähre. Mein Hintermann ist ausgestiegen, ebenfalls seine Frau. Er schreit und flucht, sie kreischt und wütet, dass man den Kindern im Auto die Ohren zuhalten sollte. Stilsicher klingen die Worte nicht. Auch ich verlasse mein Fahrzeug und schaue mich um. Jeden Moment muss jemand vom Personal kommen und die Angelegenheit klären. Doch der Mann aus dem Auto hinter mir, keine 1,60 m groß, starker Bauchansatz in Shorts und Sandalen mit Socken faucht mich an. „Den hätten sie doch aufhalten müssen. Warum haben sie das nicht verhindert. Jetzt sitzen wir wegen ihnen hier fest." Herzlichen Dank für die freundlichen Worte gebe ich als Erwiderung von mir. Ich versuche dem Mann zu erklären, dass ich an eine Panne des Fahrzeugs dachte, aber niemals daran, dass der Mann einfach verschwindet. Doch der kleine Mann ist nicht zu beruhigen. Seine Frau, etwas größer, sehr schlank und in leichtem, geblümten Sommerkleid unterstützt seine Tiraden. Kurz kommt mir der Gedanke, dass das Ehepaar aus dem Rheinland für die Temperaturen nur leicht bekleidet ist. Nochmals schaue ich mich um nach dem Personal. Die müssen das doch bemerkt haben und jetzt etwas in die Wege leiten. Immer mehr Fahrzeuge stauen sich auf meiner Seite, während auf der zweiten Spur ungehindert gefahren wird. Ich schaue hoch zur Fähre, aber der Mann mit der Aktentasche taucht nicht wieder auf.

Jetzt erscheinen die Mitarbeiter der Fährlinie „Hopplahopp". Der kleine Mann, aus dem Auto hinter mir, redet umgehend auf die Leute ein. Wild gestikuliert er wieder mit den Armen und zeigt auf mich. „Die Frau, die hat den Mann entwischen lassen. Sie hat ihn nicht verfolgt. Eine Unverschämtheit." Der Mitarbeiter versucht den Mann zu beruhigen und kommt zu mir. „Warum haben sie den Mann nicht aufgehalten? Der kann doch sein Fahrzeug nicht hier abstellen." Das man ein Fahrzeug nicht auf die Rampe einer Fähre stellt, ist mir schon klar. Nur warum hätte ich den Mann aufhalten oder verfolgen sollen. „Wie sieht der Mann aus. Was hatte er an?" Nur die Ruhe behalten. Wenn ich jetzt explodiere, bin ich noch lange nicht auf der Fähre und mein Urlaub wird sich weiter verzögern. Ganz ruhig erkläre ich den Mitarbeitern die Lage. „Den hätten sie doch aufhalten müssen!" Na das ist ja wohl ein starkes Stück. Wie komme ich dazu, wildfremde Passagiere aufzuhalten oder zu verfolgen? Die Mitarbeiter umrunden das Auto, wohl in der Hoffnung, den Schlüssel zu finden oder eine offene Tür. Beides ist nicht der Fall und somit herrscht Ratlosigkeit. „Wie sah der Mann denn nun aus. Geben sie uns eine Beschreibung." Warum attackiert mich der Mitarbeiter. Was habe ich dem denn getan? Ich erzähle von einem Mann im dunkelgrauen Anzug mit Krawatte und Aktentasche unter dem Arm. "Genauer haben sie es nicht, was?" Ich knurre ein paar Worte in meinen nicht vorhandenen Bart. Das Ehepaar mit den Kindern hinter mir ist mit den Nerven restlos am Ende und ein Blick verrät mir auch warum. Ganz langsam läuft die „Lotte" aus, vom Hafenbecken zur Mole und in die Ostsee. Das Schiff ist fort. Auch die Mitarbeiter schauen der „Lotte" hinterher und wissen immer noch nicht wie sie die Lage klären können.

Jetzt kommt ein Herr im Anzug und entschuldigt sich für die Unannehmlichkeiten. Es wird sich umgehend um alles gekümmert. Dann spricht er mit den Mitarbeitern und es wird heftig mit den Händen geredet. Die Polizei trifft ein und verschafft sich einen Überblick. „Wer kommt auf die Idee sein Auto auf eine Fährrampe zu fahren und dann zu Fuß an Bord zu gehen?" Ein Mann mit einer Aktentasche sage ich und es klingt nicht gerade freundlich. „Warum haben sie den nicht aufgehalten junge Frau?" Jetzt geht das Spielchen wieder von vorne los und so allmählich kann ich meine Wut kaum noch unterdrücken. Am liebsten würde ich kehrt machen. Aber das ist nicht möglich, da ich in dieser Autoschlange auf der Fährrampe stehe. Verdammt!

Ich atme tief durch und erkläre den Polizisten die Ereignisse. „Hat das Auto eine Panne? Haben sie etwas bemerkt?" Nein ist meine Antwort auf diese Fragen, denn ich habe ja wirklich keine Ahnung, ob das Fahrzeug eine Panne hat. Jedenfalls hat es meine Abreise blockiert. Der Herr im Anzug, die Mitarbeiter und die Polizisten beratschlagen wie es weiter gehen soll. Warum kommt hier keiner auf die Idee, die Fahrzeuge zurückzuziehen, damit wir endlich von der Rampe kommen, ist mein nächster Gedanke. Das wäre doch schon mal ein Anfang. Außerdem kann man dann einen Abschleppwagen beauftragen. Doch bei dem diskutieren der Herren scheint es nicht so recht voran zu gehen. Ich habe es aufgegeben die Schimpfworte meiner Hintermänner und Hinterfrauen zu analysieren, ob sie der Situation angepasst sind.

Endlich kommt Bewegung in die Herren der Schöpfung. Ein Mitarbeiter teilt mit, dass man von hinten die Fahrzeuge in den Wartebereich zurückziehen lässt. Damit kommen alle von der Rampe runter. „Und was ist mit der Fähre? Wann kommen wir hier weg?" Der Manager spricht beruhigende Worte. Sobald die nächste Fähre im Hafen ist, kommen wir zuerst an Bord. Langsam ziehen die Fahrzeuge rückwärts, können teilweise drehen und werden in einem leichten Bogen wieder in die Ausgangsposition gebracht. Hier stand ich auch schon vor einer Stunde. Ich schaue zur Rampe hinauf. Das Auto wirkt wie ein Gespenst. Ein Abschleppwagen ist angekommen. Mühsam fährt der große Wagen die Rampe hinauf und nimmt das Fahrzeug auf den Abschlepphaken. Damit ist nun endlich die Spur wieder frei und ich kann schon die nächste Fähre an der Mole sehen. Es wird nicht mehr lange dauern und dann geht es wirklich los. Was für ein Theater? Warum lässt ein Mann sein Auto stehen? Und dann noch auf einer Fährrampe. Die Frage beschäftigt mich. Kann etwas kriminelles dahinter stecken?

Noch während ich darüber nachdenke werden wir zur Fähre gelotst. Diesmal geht es an Bord der „Prinz Hotte". Zuerst werden die acht Fahrzeuge an Bord gelassen, die vorhin hinter dem abgestellten Fahrzeug standen. Von dieser kleinen Karawane bilde ich das Schlusslicht. Vor mir das Ehepaar mit Kindern und sehr gebildetem Wortschatz. Die werde ich bestimmt in Erinnerung behalten. Jetzt bin ich dran auf die Rampe zu fahren. Mein Blick geht nach vorne, doch durch die Biegung kann ich nicht sehen, was den erneuten Stillstand auslöst. Gelassenheit, rede ich mir ein. Das wird schon. Doch es geht nichts.

Auf unserer Spur steht der Verkehr und hinter mir sind bereits wieder Fahrzeughalter mit dem Machtmittel Hupe beschäftigt. Verschiedene Fanfaren dröhnen an meine Ohren. Jetzt rasen an mir die Polizisten vorbei, gefolgt von den Mitarbeitern der Schifffahrtslinie und dem Manager des Hauses. Dauerlauf und Spurt ist angesagt. Ich stelle den Motor ab, ziehe die Handbremse an und verlasse mein Fahrzeug. Das gleiche geschieht bei den Fahrzeugen vor und hinter mir. Langsam gehe ich zu Fuß die Rampe hinauf. Als ich um die Kurve komme, sehe ich wieder ein Fahrzeug auf der Rampe stehen. Ein Albtraum. Das kann doch nicht wahr sein. Ist das ein neuer Volkssport?

Keiner der Beamten befindet sich am Fahrzeug. Die scheinen direkt ins Parkdeck des Schiffes gelaufen zu sein. Ratlose Menschen schütteln die Köpfe. Bei den meisten Passagieren ist die Laune auf Kellerebene angekommen. Auch ich kann nicht von mir behaupten noch so gut gelaunt zu sein, wie beim Start in den Urlaub. Die Menschen auf der Rampe sind ratlos. Zu meiner großen Überraschung verhält sich der kleine Mann ganz ruhig. Ob er Angst hat einen Herzkasper zu bekommen, wenn er sich nochmals so aufregt? Seine Frau spricht mit den Kindern, versucht sie zu beruhigen und im Wagen zu halten.

Wenn ich nicht an Bord dieser Fähre komme, muss ich noch eine weitere Stunde Wartezeit in Kauf nehmen. Auf der Nebenspur rollt es ununterbrochen. Kein Fahrzeug wird aufgehalten. Warum nicht? Sollte sich an Bord etwas kriminelles ereignen, müssen sie doch endlich den Zufluss von Menschen und Fahrzeugen stoppen. Ratlos wiege ich meinen Kopf hin und her. Mein Blick geht Richtung Mole und hinaus auf die See. Dort hinten kommt schon wieder eine Fähre. Die Chancen heute noch Puttgarden zu verlassen stehen nicht schlecht.

Ich bin zu dem Entschluss gekommen zu meinem Fahrzeug zurückzugehen. In dem Moment trappeln und poltern an mir eine Vielzahl von Polizisten vorbei. Das ist eine Hundertschaft, geht es mir durch den Kopf. Alle hetzen hinauf zur Fähre. Für Informationen ist keine Zeit. Zu meinem Fahrzeug komme ich jetzt nicht durch und der Verkehr auf der Nebenspur ist ebenfalls ins Stocken geraten. Was ist hier nur los? Die Person, die das Auto auf der Rampe abgestellt hat könnte das Ziel dieser Aktion sein. Würde eine Hundertschaft ausrücken, wenn Jemand umfällt? Vom Krankenwagen keine Spur. Das ist eine Schiffsdurchsuchung. Aber warum durfte dann vorhin die „Lotte" auslaufen? Hätte man das nicht verhindern müssen? Tausend Fragen schießen mir durch den Kopf, aber mit den wenigen Informationen wollen sie sich nicht zu einer Einheit verbinden.

Dann kommt eine Durchsage mit einem Megaphon. „Stellen sie die Motoren aus. Verlassen sie die Fahrzeuge und gehen sie hinunter von der Rampe. Unten werden sie von Mitarbeitern der Schiffslinie und der Polizei erwartet. Bitte zügig." Es wird eng, denn nur zwischen den Autos ist ein Gang um die Rampe zu verlassen. Die Leute drängeln, schubsen, jeder will der Erste sein. Diese Meldung hat etwas von Gefahr. Ich reihe mich umgehend ein. Ich spüre Panik in mir aufsteigen und folge zügig meinen Vorderleuten. Am Ende der Rampe werden wir von Polizisten und Mitarbeitern zur Seite gezogen und gezerrt. Von Aufklärung der Ereignisse keine Rede. Nur ständig die Warnung: „Bitte bleiben sie in Deckung. Bleiben sie dicht zusammen."

Wir stehen unter der Rampe wie die Ölsardinen und wenn ich ehrlich bin, so ein richtig großes Sicherheitsgefühl bei der Aktion habe ich nicht. Immer mehr Menschen kommen die Rampe herunter. Die sind doch nicht alle in den paar Fahrzeugen auf der Rampe gewesen. Da stimmt etwas nicht. Wahrscheinlich werden die Passagiere über die Rampe wieder nach draußen geführt. Aber, aber dann kann doch die gesuchte Person auf diesem Weg wieder die Fähre verlassen haben und steht womöglich jetzt hier zwischen all den anderen Menschen und sucht Schutz. Gehetzt suche ich nach einem Mann mit Aktentasche und Anzug. Aber warum? Es kann doch sein, dass diese Person etwas ganz anderes trägt. Eventuell ist es auch eine Frau. Vielleicht werden wir im nächsten Moment alle Geiseln, weil sich die Person bedrängt fühlt. Na, die Polizei hat gut reden. Pfercht uns hier zusammen mit Hinz und Kunz, lässt keinen mehr aus der ankommt und schweigt sich aus.

Ich weiß im Moment nicht, ob meine Wut oder meine Angst größer ist. Jedenfalls sind mir die Menschenmassen nicht geheuer und ich versuche an den Rand zu gelangen, aber das probieren andere auch. Aus den einzelnen Gesprächsfetzen ist nicht klar zu erkennen, worum es auf der Fähre geht. Noch immer kommen Menschen die Rampe herunter und werden sofort vom Personal in Empfang genommen.

Hier stehen bestimmt schon 200 Leute. Dann gibt es einen Knall. Ich zucke zusammen, wie alle anderen auch. Ein Knall? Das war ein Schuss. Wird jetzt auf uns geschossen? In dem Moment fällt mir mein Auto ein, vielleicht hat jemand auf mein Auto geschossen. Was für ein unsinniger Gedanke. Es ist doch viel wichtiger, dass keinem Menschen etwas passiert. Nach dem Knall oder Schuss ist lange Zeit Stille angesagt. Keiner rührt sich mehr. Die Welt steht still, die Atmung der Menschen hat ausgesetzt, jedenfalls könnte das ein Betrachter glauben.

Dann aus einem Funkgerät eine Nachricht. „Person wurde nach Schusswechsel festgenommen." Alle atmen gleichzeitig wieder und es ist wie eine Pusteblume die sich entlädt. Noch bleiben wir unter der Rampe stehen. Ich versuche meine Gedanken zu sammeln und das erlebte zu verstehen. Doch bislang streikt mein Gehirn bei jedem Versuch diesen Vorfall näher zu hinterfragen. Meine Beine haben ein bisschen Ähnlichkeit mit Wackelpeterpudding, den ich überhaupt nicht mag. Aber nicht nur mir allein scheint es so zu gehen, auch andere Menschen bekommen nur langsam wieder etwas Farbe.

Jeden Moment wird das Chaos ausbrechen, wenn alle diese Menschen wieder auf die Fähre stürzen oder zu ihren Fahrzeugen. Doch genau das Gegenteil passiert. Erst werden die Passagiere deren Fahrzeuge bereits im Parkdeck stehen zurück aufs Schiff gebeten. Dann dürfen die Fahrer zu ihren Fahrzeugen die auf der Rampe stehen. Die Fahrzeuge auf der ersten Spur dürfen direkt ins Schiff. Wir müssen den letzten abwarten. Dann geht es wieder rückwärts, aber dann auch vorwärts. Diesmal kommen wir an Bord der

Fähre. Es ist schon fast wie ein Wunder. Und aufgrund dieser Ereignisse erscheint mir das Einparken meines Fahrzeuges auf der Fähre als Kleinigkeit.

Ich verlasse das Parkdeck umgehend. Ich brauche jetzt einen Kaffee und frische Luft. Den Kaffee hole ich mir in der Cafeteria und die frische Luft finde ich auf dem Sonnendeck. Noch liegt die Fähre im Hafen von Puttgarden. Gerade kommt ein Krankenwagen die Rampe herauf. Wir werden wohl noch ein Weilchen festliegen, aber nach fast drei Stunden habe ich es geschafft auf die Fähre zu kommen. Also werde ich auch Rödbyhavn erreichen.

Nach meiner Rückkehr lese ich in meiner Heimatzeitschrift einen interessanten Artikel: Puttgarden: Gleich zweimal wurde das Beladen einer Fähre behindert. Beim ersten Mal hatte ein Mann sein Fahrzeug auf der Rampe abgestellt und war an Bord des Schiffes gegangen. Bei sich trug er nur eine Aktentasche. Als er in Dänemark an Land wollte, wurde er von den dortigen Behörden gestellt. In der Aktentasche befand sich Falschgeld im Wert von 100.000 Euro. Nur wenig später wurde erneut die Rampe zur Fähre in Puttgarden blockiert. Ein zweites Mal versuchte auf diese Weise ein Mann an Bord zu gelangen. Man hatte sich diesen Trick ausgedacht um die Polizei in Bewegung zu halten, damit die Täter als Passagiere an Bord gelangten. Beim zweiten Einsatz wurde Großalarm ausgelöst und eine Hundertschaft half den Täter mit ebenfalls 100.000 Euro Falschgeld zu stellen. Kurz darauf konnte der Fährbetrieb wieder aufgenommen werden.

Im Sturm

Nach dem sonntäglichen Familienessen beschließe ich noch einen Ausflug zu unternehmen. Als Ziel habe ich mir den Strand von Burgtiefe auf Fehmarn ausgesucht. Der bereits bei uns auf dem Festland stürmische Wind wird an der See zu einem Abenteuer. Ich freue mich darauf den Gewalten zu trotzen und mich anschließend bei einem Kaffee zu erholen. In wetterfester Kleidung, festem Schuhwerk und mit meinem Rucksack gehe ich zu meinem Fahrzeug. Die Fahrt über den Fehmarnsund wird bestimmt ein Erlebnis. Für Lkws und Wohnwagengespanne ist die Brücke gesperrt. Die geöffneten Parkplätze an der B 207 werden einen Ansturm erleben.

Zügig geht meine Fahrt von Oldenburg über das Autobahnteilstück nach Gremersdorf und durch die Baustelle nach Heiligenhafen. Der Wind rüttelt an meinem Fahrzeug, und bei einzelnen Böen gehe ich freiwillig vom Gaspedal. Großenbrode ist erreicht. Hinter der Tankstelle auf dem Parkplatz stehen bereits einige Fahrzeuge, die bei diesem Sturm nicht die Brücke befahren dürfen. Die Fahrt über die Fehmarnsundbrücke ist ein Erlebnis. Mein kleines Auto wird mächtig in den Griff genommen, einzelne Böen drücken mein Fahrzeug zur Straßenmitte. Ich drossele die Geschwindigkeit und lenke stark gegen. Einen kurzen Blick werfe ich hinaus auf das Wasser. Es wirkt stumpf, glanzlos und schmeißt hohe Wellen auf denen sich Schaum bildet. Heute ist die Sicht auf das Wasser eingeschränkt und ob sich dort Schiffe bewegen kann ich nicht erkennen.

Ich bin glücklich, als ich das Festland der Insel Fehmarn erreicht habe und atme kräftig durch. Weiter geht es auf der B 207 und an der zweiten Abfahrt in den Ort Burg hinein. Am Anfang des Ortes befindet sich ein großes Industriegebiet, dass in den letzten Jahren kontinuierlich ausgebaut wurde. Dieses lasse ich zu beiden Seiten liegen und fahre zum Kreisel um dort die Ausfahrt zur Innenstadt zu nehmen. Über Kopfsteinpflaster und Einbahnstraßenführung komme ich wieder hinaus aus dem Ort und folge den Schildern Richtung Burgtiefe. Das Ferienzentrum Burgtiefe mit den drei Hochhäusern und einem glasüberdachten Vitarium, in dem sich diverse Geschäfte, Restaurants und Sitzgelegenheiten befinden, ist im Sommer ein Eldorado für Feriengäste. Eine befestigte Promenade lädt zu jeder Jahreszeit zum Spazieren gehen ein. Der Strand wird im Sommer von den Feriengästen genutzt, im Herbst, Winter und Frühjahr sind hier die Hundeliebhaber und Wanderer unterwegs. Direkt von der Promenade aus sind Zugänge zum Wasser. Hinter den Hochhäusern befindet sich eine großzügige Parkfläche, die im Sommer keinen freien Platz hergibt, aber in der ruhigeren Jahreszeit problemloses Parken erlaubt.

Stürmisch braust der Wind. Das Öffnen und Halten der Autotür ist nur unter größter Kraftanstrengung möglich. Ein schneller Griff zum Rucksack und hinaus ins feindliche Leben. Das erste Stück gehe ich auf der etwas windgeschützten Promenade, doch dann zieht es mich hinunter ans Wasser, hin zu den tosenden Wellen und der schäumenden Brandung. Ich kämpfe mich ans Wasser, drehe mich so, dass der Wind im Rücken ist und versuche auf die Ostsee zu schauen. Gar nicht so einfach und viel zu sehen gibt es heute auch nicht. Unten am Wasser gehen nur wenige Menschen. Den meisten Spaß haben die Hunde. Während Herrchen und Frauchen sich ebenfalls mühevoll ihren Weg erkämpfen tollen sie wie wild umher.

Als ich voll im Wind stehe, habe ich mein Ziel vor Augen. Ich will bis zur Mole wandern und von dort aus ein paar Fotos schießen. Jeder Schritt ist ein Kraftakt. Ich versuche meine Schultern breit zu machen um mich in den Wind zu stemmen. Am Anfang ist das ein schönes Gefühl. Doch immer wieder muss ich eine kurze Pause einlegen, mich umdrehen, damit ich den Wind im Rücken habe und Kraft tanken kann. Tränen rollen aus meinen Augen und meine Gesichtshaut brennt. Sicher zeigt sie eine rote Farbe. Dann geht es weiter. Schritt für Schritt. Ich merke das ich müde werde, aber da muss ich jetzt durch. Nochmals drehe ich mich um, verschnaufe, schaue zurück und dann geht es weiter. Fast die Hälfte der Strecke habe ich bereits zurückgelegt und bin mächtig stolz auf mich.

Immer wieder muss ich meinen Kopf einziehen und direkt auf meine Füße schauen, denn der Sturm treibt mir weiterhin die Tränen in die Augen. Der Gedanke an einen heißen Kaffee löst bereits Vorfreude aus. Nochmals versuche ich nach vorne zu schauen. Erkennen kann ich wenig, aber meine Augen signalisieren mir einen Gegenstand in nicht allzu weiter Entfernung. Wahrscheinlich Treibholz. Angeschwemmt durch den Sturm. Mit kraftvollen Schritten setze ich meinen Weg fort und der Gegenstand kommt unaufhaltsam auf mich zu. Treibholz ist es nicht. Dafür hat das Teil vor mir zu viele Ecken und Kanten und irgendwie zieht es sich auch in die Länge. Seetang in rauen Mengen? Ein altes Fischernetz? Oder Bootsplanken? Doch für ein Fischernetz ist der Gegenstand eindeutig zu hoch und bei den Bootsplanken kommen mir bald Zweifel. Ich drehe mich zurück, um wieder für einen Moment den Wind im Rücken zu haben, aber auch um zu schauen, ob ich allein bin. In einiger Entfernung kann ich noch die Hundeliebhaber ausmachen und gerade kommt aus einem der Zugänge von der Promenade ein Mann, der sich auch todesmutig in den Wind stemmt. Also bin ich nicht allein und drehe mich zurück.

Ich versuche nicht wieder meinen Kopf einzuziehen, sondern beschirme mit meiner Hand die Augen und versuche etwas zu erkennen. Der Gegenstand ist nicht mehr weit entfernt und dennoch kann ich nicht ausmachen um was es sich handelt. Das beunruhigt mich, aber umkehren will ich auf keinen Fall. Der Sturm tobt weiter und ich habe das Gefühl der Wind ist etwas seitlich getreten, denn die Brandung rollt mir an einigen Stellen extrem steil entgegen. Wieder hebe ich den Kopf und versuche mit tränenden Augen zu erkennen was dort am Strand liegt. Jetzt erkenne ich eine Farbe: blau. Die genauen Konturen des Gegenstandes lassen sich nicht ausmachen. Was liegt dort vor mir? Weiter gehe ich am Ufer entlang, doch nach nur wenigen Schritten halte ich wieder inne. Erneut versuche ich den Gegenstand vor mir zu lokalisieren und zu erkennen, was dort am Strand liegt. Zu der Farbe blau gesellt sich nun etwas in grün. Ob das ein toter Fisch ist? Oh, ist ja ekelig. Dann muss ich unbedingt einen großen Bogen schlagen. Das will ich mir nicht ansehen. Aber so viel grüne und blaue Farbe auf einem Fisch? Was für eine Art soll das denn sein?

Selbst ein Hai kenne ich nur in der Tarnfarbe grau und dessen Größe würde mit den Ausmaßen die ich gesichtet habe hinkommen. Mutig setze ich meinen Weg fort und dann erkenne ich die Formen. Was dort vor mir liegt ist ein Mensch. Dort liegt ein Mensch, der etwas in blau und grün trägt. Was macht der dort? Es ist doch wirklich kein Wetter um ein Sonnenbad zu nehmen. Meine Hand geht wieder über die Augen als Schirm. Ich kann einen Menschen ausmachen, aber der scheint sich nicht einen Millimeter zu bewegen. Der liegt dort wie tot. Warum denke ich jetzt nicht wenigstens positiv, dass er nur verletzt ist.

Ich drehe mich um und habe den Wind wieder im Rücken und die Skyline von Burgtiefe vor Augen. Die Hundeliebhaber sind verschwunden und nur der Mann kämpft sich am Wasser entlang. Ich bin nicht allein. Das beruhigt mich, aber nur für kurze Zeit, denn im Moment bin ich dieser Person am nächsten, und der Mann wird noch gut zehn Minuten benötigen, ehe er sich zu mir durchgekämpft hat. Wieder eine Drehung. Diesmal setze ich zaghaft meine Schritte in die Richtung der Person, die sich noch immer nicht bewegt hat. Verdammt! Noch fünfundzwanzig Schritte und ich kann die Person berühren. Trotz der schneidigen, windigen Kälte bekomme ich eine Gänsehaut. Ich bin mir sicher. Diese Person dort will ich nicht berühren. Innerlich bete ich, dass sie sich endlich bewegt. Doch alles bleibt wie es ist. Nur noch zwanzig Schritte Entfernung. Angestrengt versuche ich mehr von der Person zu erspähen. Ob an der Fundstelle Blut ist? Liegt hier ein Verbrechen vor? Was passiert an dieser Stelle in Krimis? Ein Gedanke jagt den nächsten, doch zu einem Entschluss komme ich nicht.

Vielleicht geht der Mann hinter mir schneller als ich errechnet habe. Deshalb schaue ich zurück. Noch grauer als sonst wirken die Hochhäuser. Mit den schnell rasenden Wolkengebilden wirken sie bedrohlich. Der Mann ist immer noch weit entfernt. Auch er muss sich dem Wind unterordnen und kommt nur mühsam voran. Mist! Wieder zur anderen Richtung. Auch dort bedrohliche Wolken, die vom Wind gejagt werden. Ich könnte jetzt einfach einen großen Bogen schlagen und zur Promenade verschwinden. Wer sieht mich denn hier? Doch mein Gewissen schläft nicht und antwortet ziemlich rabiat: Und wenn die Person Hilfe braucht!!! Ich setze weitere fünf Schritte nach vorne. Mittlerweile kann ich sehen, dass die Person einen blaugrünen Anorak trägt und eine Jeans. Einen Schuh kann ich ausmachen. Es gruselt mich. Warum liegt diese Person, ich gehe mal davon aus, er ist ein Mann, so verdreht im Sand? Das muss doch einen Grund haben. Jetzt bin ich noch rund fünfzehn Schritte entfernt. Der Kopf ist so gebettet, das ich ihn nicht sehen kann. Er liegt tief unter dem Arm. „Hallo" sage ich zaghaft. So ein Schwachsinn! Der Wind tobt mit Stärke zwölf über die Küste und ich piepse mit einem Stimmchen, dass ich kaum selbst hören kann. Also muss ich lauter rufen. Ich schreie über den Strand. „Hallo Sie. Was ist mit Ihnen?" Keine Reaktion. Was habe ich erwartet. Ein Stehaufmännchen, dass jetzt freudestrahlend auf mich zukommt? Weitere Schritte nähere ich mich der Person. Ob ich nochmals rufen soll? Die Person liegt verrenkt. Sieht nicht gesund aus, aber Blut kann ich nicht sehen.

Ich drehe mich um und endlich, endlich ist dieser Mann fast schon in Rufweite. Allerdings bei dem Sturm ist Rufweite maßlos übertrieben. Selbst wenn er neben mir steht, wird eine Unterhaltung nur stattfinden, wenn wir uns gegenseitig ins Gehör schreien. Aber das ist mir im Moment egal. Der Mann blickt stur nach unten und macht keine Anstalten den Kopf zu heben. Er setzt seinen Weg fort. Jetzt habe ich zwei Möglichkeiten: Ihn stolpern lassen über die Person am Strand oder zu ihm gehen und auf mich aufmerksam machen. Eine schnelle Entscheidung muss ich treffen. Und sie kommt aus dem Bauch heraus. Ich gehe auf den Mann zu, fasse mit einer Hand nach seiner Schulter. Der reißt den Kopf hoch, sieht mich an wie eine Außerirdische oder eine Verrückte und macht einen großen Satz ins Wasser. Na, das habe ich natürlich nicht gewollt. Jetzt hat er nasse Schuhe und die Hose verfärbt sich ins Dunkle. Seine braunen Schnürschuhe werden nach dieser Aktion schwer an den Beinen werden, geht es mir durch den Kopf und auch seine Jeans saugt sich an den Waden fest. Seine Augen blitzen mich bitterböse an und in dem Moment habe ich nur eine Chance. Ich zeige auf die Person am Strand. Der Mann folgt meiner Hand und schaut dann wieder mich an. „Ein Freund" höre ich Worte von ihm. Ich schüttele heftig mit dem Kopf, in der Hoffnung er begreift, dass ich die Person nicht kenne. „Ihr Bruder" zischt mir die Gischt entgegen. Wird das jetzt ein Abfragen von Familienmitgliedern? Kommt noch die Frage nach Vater und Onkel dran? Wieder schüttele ich meinen Kopf. Mein Mund formt ein „Nein!" Der Mann hebt die Schultern, was wie eine Frage ausschaut und weist wieder zu der Person am Strand. „Warum liegt da" höre ich aus dem Wind heraus. Das weiß ich doch nicht. Ich habe ihn dort nicht hingelegt. Schließlich bin ich nur eine Spaziergängerin. Eigentlich habe ich geglaubt, der Mann würde sich der Person nähern. Doch er macht keine Anstalten auch nur einen Fuß nach vorne zu setzen.

Jetzt schaue ich missmutig drein, doch das scheint den Mann wenig zu beeindrucken. „Hallo, rufen" sind neue Töne die mich erreichen. So ein Schlaumeier. Das habe ich bereits mehrfach getan, aber ohne Erfolg. Der Mann zeigt auf mich und erwartet jetzt von mir das ich „Hallo" rufe. Warum ruft der nicht selbst? Am liebsten würde ich sagen, dass er mal hingehen soll. Aber durch den Wind ist eine Unterhaltung fast unmöglich und die Worte werden immer gleich weitergetragen oder verschluckt. Ein sinnloses Bemühen. Wieder zeigt der Mann auf mich, denn ich habe ja noch kein „Hallo" gesagt. Widerwillig forme ich um meinen Mund die Hände, um sie als Trichter zu benutzen. Dann schreie ich mit aller Kraft, fast wie ein Urschrei „Hallo. Brauchen sie Hilfe???" Die Person liegt genau so da, wie vor meiner Aktion. Es ist nichts passiert, außer dass ich nun meine Stimmbänder spüre. Mein Blick geht wieder zu dem Mann, der aus schaut, als würde er gleich anfangen zu weinen. „Was mit ihm?" Als ich diese Worte höre, habe ich Klarheit. Dieser Mann kann Fragen stellen, die alle sehr klug sind, nur beim Handeln hat er Schwierigkeiten. Wieder zucke ich mit den Schultern. Ich kann doch keine Ferndiagnosen erstellen auf sechs Schritte, was dem Mann fehlt. „Tot!" Schreie ich in den Wind. Mein Gegenüber hat diese drei Buchstaben verstanden und starrt mich wieder wie eine Verrückte an. Vielleicht glaubt er mit einer Mörderin allein am Strand zu sein, denn ich spüre das sein Blick schnell in beide Richtungen geht, ob noch andere Personen da sind. Der Mann hat Angst. Doch auch mein eigener Blick verrät mir: Es gibt nur den Mann, die Person im Sand und mich.

Endlose Sekunden, ja mehr als eine Minute verstreichen. „Tun" ist das nächste Wort, dass ich klar hören kann. Natürlich muss man etwas unternehmen.. Wieder zeigt er auf mich und allmählich habe ich den Eindruck, dass diese Memme wirklich alles bei mir abladen will. Er kann doch auch etwas tun. Er geht drei Schritte auf die Person zu, weicht dann aber sechs Schritte zurück. Hat er vielleicht Blut gesehen? „Machen sie sch..." Wütend über die Hilflosigkeit meines männlichen Gegenübers, suche ich nach meinem Handy im Rucksack. Als ich es in der Hand halte höre ich von dem Mann „Not..." Na ja, dass ich jetzt den Notruf betätigen muss, hätte ich unter größtmöglicher Aufbietung all meiner Gehirnzellen gerade noch geschafft. Ich drücke die Tasten und mein Gegenüber sieht mich erwartungsvoll an. Da war jemand am anderen Ende der Telefonleitung und dem schrie ich meine Nachricht entgegen. „Burgtiefe, leblose Person am Strand." In der Hoffnung, dass mich der Teilnehmer verstanden hat, unterbreche ich sofort die Verbindung, denn bei diesem Wind kann ich ohnehin nichts verstehen. Wieder dieser fragende Blick von meinem Gegenüber. Ich nicke ihm zu und hoffe, er versteht mich jetzt auch ohne Worte. „Weiter" höre ich aus einer Windböe heraus. Wie es jetzt weiter geht weiß ich auch nicht. Ich zucke mit den Schultern. Mein Mund formt das Wort „warten". Doch diesmal habe ich das verstandene Wort falsch interpretiert. Mein Gegenüber macht auf dem Absatz kehrt und geht mit dem Wind davon, ohne dass ich ihn nochmals ansprechen kann. Das darf doch nicht wahr sein! Hilflos schaue ich am Strand entlang, doch außer mir und dem fast schon flüchtenden Mann ist niemand da. Doch, die Person im Sand.

Wütend bin ich. Da lief es, das starke Geschlecht. Die Beine unter die Arme genommen und auf und davon. Wenn ich das auch gekonnt hätte. Gerne wäre ich gelaufen, weit weg von diesem Ort, der vielleicht ein grausiges Verbrechen in sich birgt. Doch ich kann nicht fortlaufen, mein Gewissen schläft nicht. In einiger Entfernung stell ich mich in den Wind und warte auf die Polizei.

Alarm im Rathaus

Sobald es das Wetter zulässt hole ich mein Fahrrad aus dem Winterlager. Ein kurzer Check, Luft nachgepumpt und eine Proberunde auf dem Grundstück. Das Fahrrad ist einsatzbereit. Noch den Fahrradkorb befestigen, das Fahrradschloss hinein und den Rucksack aufsetzen. Bei bereits milden Maitemperaturen starte ich nach Oldenburg. Mäßiger Wind begleitet mich auf der fast seichten Strecke. Meine Fotosafari geht heute in das Industriegebiet meiner Heimatstadt. Im letzten Jahr hatten sich neue Unternehmen angesiedelt und so manches Brachland beherbergt heute ein neues Geschäftsgebäude. Lebensmitteldiscounter, Bekleidungsgeschäfte und Automobilhändler hatten am Anfang des Jahres neue Räumlichkeiten bezogen. Mit dem erweiterten Warenangeboten wurde das Gewerbegebiet noch attraktiver. Immer mehr Menschen nutzen das Gewerbegebiet für ihre Einkäufe.

Fast vor meiner Tür beginnt der Radweg. Einen leichten Berg geht es hinauf, auf der anderen Seite mit viel Schwung hinunter. Man passiert die Autobahnbrücke und nun geht es nur noch bergab. Mit Schwung hinein in den Ort, dann weiter auf dem Radweg Richtung Bahnhof. Diesen rechts liegen lassen und den Radweg weiterfahren Richtung Göhl. Ein gut ausgebauter Weg, der sich leicht fahren lässt und nur im letzten Teilstück etwas ansteigt. Dann liegt linker Hand das Industriegebiet. Die wechselnden Lichtverhältnisse nutze ich fast eine Stunde aus und bin mit den dreißig Aufnahmen sehr zufrieden. Der Vormittag hat sich gelohnt. Beschwingt steige ich wieder auf mein Rad und fahre zum Marktplatz in Oldenburg.

An der Post steige ich vom Rad und schiebe es die Fußgängerzone hinauf. Jetzt muss ich mich entscheiden: Trinke ich meinen Kaffee im Selbstbedienungscafe am Markt oder in der kleinen Kneipe. Die Entscheidung wird mir schnell abgenommen. Der Besitzer der kleinen Kneipe hat Tische und Stühle außen stehen. Ich lasse mich nieder und warte auf die Bedienung. Es ist ruhig auf dem Marktplatz am Donnerstag Vormittag. Heute ist kein Markttag, die Kinder sind in der Schule und die Berufstätigen an ihrem Arbeitsplatz. Rentner und Hausfrauen mit Kinderwagen bilden die Mehrzahl der Menschen im Straßenbild. Vereinzelt mache ich ein paar Touristen aus. Ein friedliches Stadtbild, dass mich dazu veranlasst einen Moment die Augen zu schließen.

Bei der freundlichen Bedienung, mit der ich ein paar Worte tausche bestelle ich einen Kaffee mit Milch und ein Mineralwasser. Aus meinem Rucksack hole ich Kladde und Stift. Auf dem Monitor meiner Kamera schaue ich mir die Bilder an und mache Notizen. Ein Weilchen bin ich beschäftigt. Zu jedem Foto fällt mir ein Kommentar ein und aus Gedankennotizen entstehen Worte auf Papier. Die Bedienung steht neben meinem Tisch und serviert Kaffee und Mineralwasser. Ich bedanke mich und gleichzeitig wandern unsere Augen zum Rathaus. Davor steht ein weißer Sprinter. Das ist nicht ungewöhnlich und doch ist dieser weiße Sprinter außergewöhnlich. Dem Fahrzeug fehlt etwas. „Wo ist die Werbung?" fragt mich die Bedienung. Genau. Damit hat sie auf den Punkt meinen Gedankengang getroffen. Ein Sprinter ohne Werbung. Das ist das Außergewöhnliche. Vielleicht ein neues Fahrzeug für die Stadt? Holt der Fahrer gerade die Papiere für die Zulassungsstelle? Während ich weiter meine Fotos betrachte, geht die Bedienung zurück in die Gastwirtschaft. Ich rühre die Milch in meinen Kaffee. Weitere Kommentare zu den Bildern fallen mir ein und bei manchen muss ist selbst schmunzeln.

Für einen Moment lege ich meinen Füller aus der Hand und greife zum Mineralwasser. Die Sonnenstrahlen wärmen bereits und ich halte mein Gesicht ihnen entgegen. Nur mäßig dringt Lärm zu mir. Das Zuschlagen einer Tür reißt mich aus der Muße. Mein Blick geht zu den Parkplätzen am Markt. Doch der Lärm kam vom Rathaus. Gerade steigt der Fahrer in den Sprinter, jagt mit quietschenden Reifen vom Vorplatz des Rathauses und verlässt den Markt Richtung neuen Markt. Der hat es aber eilig, ist mein erster Gedanke. Na ja, wer will sich schon lange im Rathaus aufhalten, wo es doch meist nur um Formulare und Gebühren aller Art geht. Mein Kaffee hat jetzt die richtige Temperatur und ich genieße ihn in kleinen Schlücken. Dabei schweift mein Blick über den Marktplatz. Im Laufe der Jahre hat sich die Geschäftswelt verändert. Meine Erinnerung aus Kindertagen stimmt nicht mehr. Alles ist dem Wandel der Zeit unterlegen und doch haben es einige Traditionsunternehmen geschafft sich am Ort zu behaupten.

Noch für drei Bilder Kommentare, dann kann ich meine Utensilien wieder verstauen. Soll ich mir noch einen weiteren Kaffee kommen lassen? Die Bedienung ist an einen anderen Tisch getreten. Auf dem Rückweg in die Gaststätte gebe ich ihr per Handzeichen, indem ich die Kaffeetasse hebe, meinen Wunsch auf. In Gedanken plane ich einen Ausflug für den Sonntag. Eutin, Plön, Malente. Ein Trip in die Holsteinische Schweiz. Die Bedienung kommt mit meiner Bestellung. Die Tasse berührt gerade die Tischdecke da geht es los: Tatütata Tatütata! Drei Polizeifahrzeuge kommen vor dem Rathaus zum Stehen. Zwei neue blaue Polizeiwagen und ein Zivilfahrzeug. Jeder Wagen ist mit zwei Personen besetzt. Die Autotüren fliegen auf und die Beamten stürzen aus ihren Fahrzeugen. An der Rathaustür entsteht ein Gedrängel. Die Tür vom Rathaus fällt zu. Jetzt zucken blaue Blitze am Himmel und das Tatütata ist nicht auszuhalten. Menschen bleiben stehen, versuchen etwas zu sehen. Doch da ist nichts. Ich habe einen Logenplatz und ein kribbeln in meinem Nacken signalisiert mir etwas Außergewöhnliches, etwas Spannendes.

Hat jemand im Rathaus einen Infarkt erlitten? Aber wo blieb denn der Rettungswagen. Steht ein Selbstmörder auf einem Fensterbrett und droht zu springen? Mein Blick geht über die gesamte Front des Rathauses, doch niemand ist am Fenster. Die Action könnte sich auf der Rückseite des Gebäudes abspielen. Wo blieb denn die Feuerwehr mit dem Sprungtuch? Jetzt ist der Markt gut gefüllt. Die Menschen stehen zusammen in kleineren Gruppen und diskutieren. Ein älterer Herr mit Stock gibt kund: „Det is a Überfall uf det Rathaus". Der Mann kommt nicht vor hier, aber egal. Ein Überfall auf das Rathaus? Was sollte dort zu holen sein?

Wäre die komplette Stadtkasse aufbewahrt worden in den heiligen Hallen, so hat der Dieb ein dickes Minus eingestrichen. Ich erinnere mich an einen Artikel in meiner Heimatzeitung, dass der Stadthaushalt einer dringenden Sanierung bedarf. „Der Bürgermeister ist umgefallen", tönt eine ältere Dame mit Dauerwelle. „Da müssen die gleich mit der Polizei kommen, denn das ist ein wichtiger Mann." Wo blieb dann der Rettungswagen? „Ach, deshalb kommt doch die Polizei nicht", mischt ein Jüngling mit hängender Hose und grellem Pulli sich ein. „Da drin haben die einen abgemurkst. Kann schon sein, dass es den Bürgermeister getroffen hat." Diese Aussage jagt mir eine Gänsehaut über den Rücken und bei manchem Gaffer wandelt sich die rötliche Gesichtsfarbe in eine helle Blässe. Dann warten wir jetzt auf den Leichenwagen. Wo bleibt der nur? Ein weiterer Herr mit Hornbrille, braunem Sakko und heller Cordhose weiß es ganz genau. „Bei so viel Polizeiaufwand kann das nur eine Geiselnahme sein." Heiß und kalt wird es mir. Wenn im Rathaus ein Geiselnehmer sitzt hat er vielleicht eine Waffe und kann wahllos auf uns schießen. „Der Bürgermeister ist die Geisel", sagt die Dame mit Dauerwelle. „Und jetzt stellt der Geiselnehmer seine Forderungen an die Polizei." Ob hier einige Leute zuviel Tatort oder Derrick geschaut haben? Geiselnahme in meiner kleinen beschaulichen Stadt? Und dann nur drei popelige Polizeifahrzeuge. Wo bleibt die Hundertschaft? Wo ist die Spezialeinheit? Warum wird der Marktplatz nicht geräumt?

Die Situation ist seit zwanzig Minuten unverändert. Vor dem Rathaus heulen weiter die Sirenen. Das blaue Licht von den Einsatzfahrzeugen schafft eine gespenstische Atmosphäre. An den Fenstern im Rathaus ist keine Bewegung zu erkennen und das Publikum spekuliert weiter. Dann stürmen aus dem Rathaus vier Beamte und springen in ihre Einsatzfahrzeuge. So mancher Gaffer muss schnell zur Seite springen, um nicht Gefahr zu laufen unter die Räder zu kommen. Die Einsatzfahrzeuge, immer noch mit Blaulicht rasen davon. Sie entschwinden Richtung Krankenhaus. Zurück bleibt das Zivilfahrzeug immer noch mit Tatütata. Kann man das nicht abstellen? Seit beinahe einer halben Stunde werden wir beschallt.

Bei der Bedienung ordere ich einen weiteren Kaffee. Meinen Aussichtsplatz in der ersten Reihe werde ich jetzt nicht verlassen. Mein Gefühl sagt mir, hier wird noch etwas passieren. Hastig schreibe ich ein paar Notizen in meine Kladde und da schießt ein Gedanke durch meinen Kopf. Der weiße Sprinter. Der so eilig davonfuhr. Ich kann mich nicht erinnern, was der in der Heckklappe verstaut hat. Warum fuhr der so eilig davon? Und keine zehn Minuten nach dem Verschwinden des Wagens traf die Polizei ein. Hier muss es einen Zusammenhang geben. Aber welchen? Unter den Passanten wird eifrig weiter spekuliert. Unruhe macht sich plötzlich breit. Ich schaue zum Rathaus und tatsächlich es kommt Bewegung in die Sache. Gerade kommt unsere Pastorin über den Marktplatz und geht ins Rathaus. Doch ein Todesfall. Jetzt wird Trost benötigt, eine Hand die einen hält, gütige Worte findet. Dafür ist unsere Pastorin bekannt. Menschen die sich ihr anvertrauen in ihren schwächsten Stunden, erfahren von ihr Hilfe, Fürsorge und Liebe. Wer stirbt schon gern im Dienst? Die Mitarbeiter im Rathaus stehen bestimmt unter Schock. An meinen Armen stellen sich die Härchen auf, mein

Mund ist trocken als habe ich stundenlang geredet. Die Menschen auf dem Marktplatz schauen betroffen. Viele gehen weiter. So nah möchte keiner dem Tod sein, doch der Tod gehört zum Leben.

Jeden Moment wird der Leichenwagen kommen. Ich schaue mich nach der Bedienung um und gebe ihr ein Zeichen, dass ich zahlen will. Fort, nur fort und dem Tag wieder eine andere Richtung geben. Warum stellen die nicht endlich die Sirene ab? Das ist doch Störung der Totenruhe. Aber keiner ist verantwortlich für das Fahrzeug. Niemand verlässt das Rathaus. Meine Rechnung ist gezahlt. Ich bewege mich zu meinem Rad. Schließe es auf, befestige den Radkorb und schultere meinen Rucksack. Den Rest möchte ich nicht sehen.

Mein Rad ist noch im Fahrradständer und mein Blick geht auf das Rathaus zurück. In jedes Fenster schaue ich hinein. In meinem Kopf spukt noch immer der weiße Sprinter, der keine Werbung hatte. Alle gesammelten Eindrücke lassen nur den Schluss zu, dass im Rathaus ein Todesfall eingetreten ist. Doch mein Gefühl signalisiert mir etwas anderes. Tot? Vielleicht. Überfall? Eventuell. Geiselnahme? Nein, bestimmt nicht. Warum sind die beiden Polizeifahrzeuge so rasant fortgefahren, wenn es sich um einen natürlichen Tod eines Rathausmitarbeiters handelt? Die Witwe holen? Das ist doch grotesk.

Die Situation nimmt mich gefangen und ich schaffe es nicht auf mein Rad zu steigen und nach Hause zu fahren. Jetzt geht die Rathaustür auf. Die zivilen Beamten gehen ruhig zu ihrem Fahrzeug und schalten die Sirene aus. Die darauffolgende Stille ist gespenstisch und beinhaltet mehr Drohung als Beruhigung. Die Männer lehnen sich an ihr Fahrzeug, stecken sich eine Zigarette an und führen ein Gespräch miteinander. Kein Passant wagt es die Beamten anzusprechen. Die Beamten haben alle Zeit der Welt. Warum auch nicht. Für den Toten können sie nichts mehr tun und wahrscheinlich warten sie noch auf Papiere, damit sie ihren Einsatz in einen Bericht fassen können.

In meinen Gedanken schwirrt erneut der schneeweiße Sprinter. Was hat der Fahrer in der Heckklappe verstaut? Einen Korb mit Paketen. Ja, jetzt erinnere ich mich wieder. Das ist nichts ungewöhnliches. Dafür ist ein Kurierdienst zuständig. Pakete abholen oder zustellen. Wie hat der Fahrer ausgesehen, rast es durch meine Gedanken. Doch beschreiben kann ich ihn nicht. Macht es da Sinn, die Beamten auf den weißen Sprinter hinzuweisen? Womöglich bringe ich den Fahrer, einen biederen Familienvater, in große Schwierigkeiten. Nein, das kann ich nicht tun.

Dann wird die Rathaustür aufgerissen. Zwei Zigarettenkippen verschmutzen jetzt den Vorplatz vom Rathaus, denn die Beamten stürmen umgehend zurück in die heiligen Hallen. Warum habe ich nichts auf dem Rathaus zu erledigen,, schießt ein Gedanke durch meinen Kopf. Dann wäre ich hautnah am Geschehen. Ist dort drin doch ein Geiselnehmer? Hatten die Verhandlungen Erfolg? Unsere Pastorin kann auch für seelsorgerische Tätigkeiten geholt worden sein. Es muss keinen Toten geben im Rathaus. Aber wenn im Rathaus wirklich der Bär steppte, was konnten zwei Beamte und eine Pastorin ausrichten? Keine Zufahrtsstrasse zum Markt ist gesperrt. Keine weiteren Einsatzfahrzeuge sind zu sehen oder hören. Mittlerweile stehen die Menschen dicht gedrängt um den Rathausmarkt, im Cafe sind alle Plätze besetzt und auch mein Tisch in der kleinen Kneipe hat neue Gäste gefunden. Unschlüssig stehe ich an meinem Fahrrad. Nach Hause fahren und die Bilder am PC katalogisieren oder auf weitere Ereignisse warten.

Die Entscheidung wird mir abgenommen. Mit hoher Geschwindigkeit jagt ein Polizeifahrzeug auf den Markt, diesmal ohne Blaulicht. Die Beamten verlassen das Fahrzeug, sprinten die Stufen zum Rathaus hinauf und sind verschwunden. Ich schaue mich um und blicke in viele ratlose Gesichter. Und nun? Was war das? Wie geht es weiter? Das sind Blicke die mich erreichen.

Ein Blick auf die Rathausuhr verrät, dass bald die Mittagszeit beginnt. Werden dann die Angestellten herausströmen? Oder fällt die Mittagspause heute aus? Mein Magen macht sich bemerkbar und eigentlich sollte ich längst zu Hause am Essenstisch sitzen. Doch mein Gefühl sagt mir, hier passiert noch etwas. Ungeduldig treten Menschen von einem Bein auf das andere, reden kurz miteinander und blicken sofort wieder zur Rathaustür.

Dann öffnet sich die Rathaustür. Die Passanten recken die Hälse, rücken dichter an das Rathaus heran. Der Bürgmeister, die Pastorin und der Pressesprecher erscheinen in der Tür und stellen sich auf die Stufen. Es knistert, überall ist Spannung zu spüren. Hinter den drei Akteuren erscheinen die Zivilbeamten. Der Pressesprecher, ohne Mikrofon, räuspert sich und spricht dann mit ruhiger, lauter Stimme.

„Liebe Mitbürger! Heute Vormittag ist es auf dem Rathausplatz laut und unruhig gewesen. Sicher haben sie sich auch Gedanken gemacht über den Polizeieinsatz. Wir bitten sie hierfür um Verständnis." Der Pressesprecher übergibt das Mikrofon an den Bürgermeister, der mit klarer Stimme fortfährt. „Liebe Bürger, liebe Bürgerinnen der Stadt Oldenburg! Es gibt Stürme die kann man vorhersagen und sich darauf einstellen. Heute morgen hat das Rathaus ein Sturm getroffen, der nicht vorhersehbar war. Gegen zehn Uhr kam der Kurierfahrer, wie jeden Tag, ins Rathaus um Briefe und Pakete abzuholen. Diese liegen immer in einem Korb bereit, den er sich greift. Kurze Zeit später wollte eine Rathausbedienstete den Tresor öffnen und konnte den Tresorschlüssel nicht finden. Sie löste umgehend Alarm aus. So kam es zum Einsatz der Polizei in unseren Hallen. Unsere Mitarbeiterin war sehr aufgeregt und glaubte an einen Diebstahl durch den Kurierdienstfahrer. Wie sich kurze Zeit später herausstellte, hatte sich der Tresorschlüssel im Paketkorb verhakt. Daraufhin erlitt unsere Mitarbeiterin einen Zusammenbruch und wir möchten uns an dieser Stelle recht herzlich bedanken für den seelsorgerischen Einsatz unserer Pastorin. Der vermisste Tresorschlüssel befindet sich auf der Rückfahrt im Polizeiauto von Budikate – hier wurde der Sprinter gestoppt – nach Oldenburg. Wir sind sehr glücklich, dass sich alles in Wohlgefallen aufgelöst hat. Wir danken ihnen für ihr Verständnis und wünschen ihnen einen schönen Tag."

Damit war der Fall geklärt. Der Marktplatz leert sich, die Menschen gehen wieder ihren Beschäftigungen nach. Entgültig schwinge ich mich auf mein Rad und fahre nach Hause. Das war ein spannender Vormittag.

By the Sea

Sonntags wird bei uns oft und gern in großer Familienrunde getafelt. Das Familienoberhaupt steht dann in der Küche und bereitet ein köstliches Mahl zu. Im Anschluss bleibt für das Fußvolk der Abwasch, der sich meist gewaschen hat. Dann kehrt Ruhe ein. Die Gestaltung des Sonntagnachmittags bleibt jedem selbst überlassen.

Es ist schon nach dreizehn Uhr als ich in meinen Wagen steige. Auf den Beifahrersitz stelle ich meinen Rucksack. Der ist ausgerüstet mit Getränken, Kladde, Stiften und meiner Kamera. Ein stürmischer Aprilsonntag. Die Wolken jagen über den Himmel und lassen ab und zu einen Sonnenstrahl hindurch. Nach Regen schaut es im Moment nicht aus. Mein heutiges Ziel ist Großenbrode. Eine Wanderung am Strand, den Wind auf der Haut spüren und den Wellen zuschauen. Nur wenige Spaziergänger werde ich antreffen. Zeit und Muße möchte ich finden. Das Element Wasser wird sich präsentieren mit starker Brandung, der Wind wird um meine Ohren tosen und meine Gedanken bekommen freien Lauf.

Heute habe ich mich für die Nebenstrecke nach Großenbrode entschieden. Meine Fahrt geht von Oldenburg nach Göhl, dann weiter nach Heringsdorf. In nördlicher Richtung setze ich die Fahrt fort und fahre an Neukirchen vorbei. Am Klausdorfer Turm biege ich ab nach Lütjenbrode, komme durch Mittelhof und erreiche Großenbrode. Vorbei am Bahnhof, dann rechts hinein in die Zufahrt zum Kai. Fast leere Parkplätze begrüßen mich. Ich verschließe mein Auto, schultere meinen Rucksack und gehe zur Promenade. Der Wind heult mir entgegen und ein leichter Nieselregen setzt ein. Aus dem Rucksack nehme ich meine Regenjacke und gehe zum Wasser hinunter.

Von der Seebrücke aus bewege ich mich Richtung Yachthafen. Rau stürmt der Wind und der Regen auf mein Gesicht ein. Die Gischt spritzt auf, stürmt auf meine Schuhe zu und besinnt sich im letzten Moment zurückzuweichen. Kraftvoll lege ich mich gegen den Wind, spüre meine Bärenkräfte und weiche keinen Zentimeter zurück. Entgegen kommt mir ein junges Pärchen mit einem Labrador, der jedes Mal das Wasser anbellt, wenn eine Welle an den Strand rollt. Ob er auch das Gefühl Freiheit spürt? In einiger Entfernung sehe ich noch eine Person. Sicher so ein Brandungs- und Sturmliebhaber wie ich. Jemand der die Einsamkeit mit den Elementen und sich genießt.

Für einen Moment bleibe ich stehen. Nehme den Rucksack ab und hole meine Kamera heraus. Die Brandung einfangen in Bildern. Später an meinem PC kann ich mir diese Momente zurückholen. Weit draußen sind die Schifffahrtsrouten für Frachtschiffe, Tanker, Fähren und Luxusliner. Doch heute ist keine Sicht auf diese Schiffsstraße. Der Nieselregen benetzt mein Gesicht.

Ich kämpfe weiter gegen den Wind und fühle mich frei und glücklich. Das ist der Moment, wo ich alles um mich herum vergesse. Meine Schritte sind kraftvoll, meine Blicke verfolgen die Brandungswellen. Plötzlich greift etwas nach meinem Oberarm. Mein Mund öffnet sich zu einem Schrei der nicht kommt, mein

Herz jagt auf Hochtouren und gleichzeitig ringe ich um Luft wie ein Karpfen. Ein Mann, in blauer Regenjacke, Jeans und blauen Gummistiefeln hat seine Hand auf meinem Oberarm gelegt. Er macht eine beruhigende Geste und zieht die Hand zurück.. Das muss die Person sein, die ich von weitem bereits gesehen habe, doch geachtet hatte ich nicht darauf. Doch warum hält mich der Mann auf? Wind und Nieselregen haben sich verstärkt. Einzelnen Böen kann man nur Widerstand bieten, wenn man sich in den Wind stellt. Der Mann formt Worte, seine Lippen sind in Bewegung, doch der Sturm lässt eine Verständigung nicht zu. Seine Hand geht hinaus auf die See. Ob er sich so sehr über die Brandung freut? Vielleicht ist er ein Urlauber und dies ist seine erste Begegnung mit den Elementen Wasser und Wind. Gerne würde ich ihm sagen, dass ich den Norddeutschen Sturm kenne, ein Kind der Ostsee bin, doch nur mit Händen kann ich das nicht erklären. Der Mann, den ich altersmäßig schwer einschätzen kann, denn die Kapuze verdeckt einen großen Teil seines Gesichtes, dürfte die Vierzig überschritten haben. Noch immer weist seine Hand hinaus auf die Ostsee. Jetzt folgen meine Augen dieser Hand. Ich schüttle meinen Kopf, bin irritiert. Dann sehe ich nochmals genauer hin, kneife etwas die Augen zu. Dort draußen ist ein kleines Kajütboot und zappelt in der See wie eine Marionette an Fäden. Durch den Wind erreicht mich das Wort „Seenot" und „losgerissen". Aber ich reagiere nicht, zu schaurig ist das Bild des schwankenden Bootes auf den Wellen. Aus dem Sturmgebraus kam wieder das Wort „Seenot". Mit einem Nicken bestätige ich dem Mann seine Information, doch zu einer Reaktion bin ich nicht fähig. Wo mag sich dieses Boot losgerissen haben?

Hier im Yachthafen von Großenbrode? Oder sind mit dem Kajütboot Menschen hinausgefahren? Bei diesem Sturm?

Als mein Kopf wieder klare Instruktionen gibt kommt auch über meine Lippen das Wort „Seenot". Was ist zu tun? Wie kann ich helfen? Schnell nehme ich den Rucksack ab und hole mein Handy heraus. Stolz zeige ich dem Mann in der blauen Regenjacke das Gerät. Aber wen anrufen? Was sagen? Mein Blick geht hinaus auf das Kajütboot, dass weiterhin von den Wellen umtost wird. Vorsichtig hat sich der Mann neben mich gestellt und streckt mir die Hand entgegen. Ohne einen weiteren Gedanken zu verschwenden was zu tun ist, lege ich mein Handy in seine Hand. Er drückt den Notruf und hält das Gerät an sein Ohr. Wortfetzen wie „Seenot" – „Boot" – „Großenbrode" erreichen mich durch den Sturm. Ob der Mann in der blauen Regenjacke den Empfänger verstehen kann? Ein Seitenblick verrät mir ein Nicken. Es gibt also eine Verständigung. Ich atme auf.

Angestrengt beobachte ich das Kajütboot. Von den Wellen wird es hin- und hergerissen, ist den Gewalten des Meeres ausgesetzt. Der Nieselregen ist stärker geworden, die Sicht verschlechtert sich mit jeder Minute. Da ist eine Bewegung auf dem Boot. Nein, das ist eine Täuschung. Leicht kneife ich meine Augen zusammen. Doch, dort ist eine Bewegung auf dem Schiff. Aufgeregt stoße ich den Mann an und deute zum Wasser. Zur Reling bewegt sich eine Person, hebt die Hände und winkt. Ein Mensch in Seenot. Der Mann mit meinem Handy spricht immer schneller in das kleine Gerät und ich höre das Wort „Hilfe" ganz genau. Ja, hier wird Hilfe gebraucht. Schnell, sehr schnell. Würde der Wind nicht um uns toben, könnten wir der Person zurufen, dass Hilfe unterwegs ist. Aber wäre dann das kleine Kajütboot in Seenot geraten?

Der Mann gibt mir das Handy zurück und wir stehen und schauen hinaus auf die Ostsee. Jetzt hängt dieser Mensch auf diesem kleinen Boot über der Bordkante. Warum hielt der sich nicht fest? Das geht nicht gut. „Wann Hilfe", schreie ich dem Mann entgegen. Er antwortet mit seinen Händen. Eine Hand weist auf die Ostsee, die andere zurück zur Promenade. Also wird der Rettungskreuzer „John T. Essberger" über Wasser kommen, und von Land her die Polizei. Doch beide Ereignisse lassen auf sich warten. Was muss dieser Mensch dort durchmachen. Wir können nicht rufen, dass Hilfe angefordert ist, wir können nur sein Schicksal weiter beobachten und warten. Die Sekunden verstreichen, die Minuten vergehen und plötzlich... wieder von hinten berührt mich eine Hand. Ich schwenke herum, zu hastig, in voller Panik und kann gerade noch nach der rettenden Hand greifen, bevor ich mich im Sand des Strandes wiederfinde. Endlich! Endlich ist die Polizei eingetroffen. Doch was nützt die, schießt es mir durch den Kopf. Die können doch dem armen Menschen dort drüben auf dem Boot auch nicht helfen. Eine Unterhaltung mit den Polizisten ist nicht möglich. Auch sie kämpfen mit dem Wind und dem Regen.

Einer der Beamten hat ein Fernglas. Was sieht er in diesem Moment? Gerne hätte ich ein solches in meinen Händen. Das Rettungsschiff ist mit bloßem Auge nicht auszumachen. Wie lange wird es noch dauern? Dort draußen auf See spielt sich ein Drama ab und wir können nicht helfen. Eine erneute hohe Welle erreicht das Schiff. Die Person ist nicht mehr zu sehen. Wurde sie über Bord gespült? Bange Sekunden vergehen, dann können wir eine Hand sehen. Die Gestalt ist völlig durchnässt, hängt kraftlos an der Reling. Eine weitere Welle könnte die Person über Bord spülen. Ich suche den Horizont ab. Wann kommt das Rettungsschiff? Die Beamten neben mir und der Mann in der blauen Regenjacke, der zwei Schritte vor mir steht sind ebenso unruhig und nervös wie ich. Sie treten von einem Bein auf das andere, schauen in Richtung Fehmarnsund. Von dort müsste der Rettungskreuzer kommen.

Mit jeder Minute verstärkt sich der Sturm, aus dem anfänglichen Nieselregen ist ein Dauerregen geworden der uns ins Gesicht peitscht. Acht Augenpaare starren gebannt auf die wilde See. Eine weitere Bewegung der Person ist auszumachen. Sie lebt noch. Mein Blick geht zurück auf die Ostsee. Wo blieb der Rettungskreuzer? Der Beamte mit dem Fernglas wedelt plötzlich mit der Hand. Umgehend geht mein Blick zurück zum Schiff. Durch den Regen kann ich kaum etwas erkennen. Doch da... ja da ist eine weitere Bewegung. Auf dem Schiff ist eine zweite Person. Sie versucht sich aus der Kajüte aufs Deck zu ziehen, rutscht aber immer wieder ab. Die Person an der Reling winkt, winkt und winkt. Das sieht aus wie SOS. Wo bleibt nur der Rettungskreuzer? In der aufgewühlten See erfasst eine neue Welle das kleine Boot. Dadurch wird die zweite Person an Deck gespült und befindet sich ebenfalls an der Reling. Das Boot wird kentern, wenn sie beide auf der gleichen Seite über der Reling hängen. Immer bedrohlicher schwankt das Boot. Ich hielt den Atem an. Aus dem Wind höre ich einen eigenartigen Ton Mein Blick geht über die Ostsee. Dort kam er, dort hinten der Rettungskreuzer „John T. Essberger". Auch die drei Männer haben das Signal vernommen und wenden sich von der Bordszene ab.

Ein Blitzen reißt meinen Blick fort vom Rettungsschiff. Ist ein Gewitter über uns? Der Blitz trifft mich erneut, aber er kommt von dem kleinen Kajütboot. Ist das Leuchtfeuermunition? Glauben die Schiffbrüchigen wir hätten keine Hilfe gerufen? Auf dem Boot in der Mitte liegt eine Person. Wo ist die andere? Den Szenenwechsel an Bord haben auch die Polizisten mitbekommen. Der eine sucht mit dem Fernglas das Unglücksschiff ab. „Wo" schreie ich den Polizisten an. Er zuckt mit den Schultern. Zu spät. Das Rettungsschiff kommt für einen Schiffbrüchigen zu spät. Die „John T. Essberger" erreicht das Kajütboot. In einem riskanten Manöver kommt sie an das Schiff heran. Ein Besatzungsmitglied springt auf das kleine Schiff und kann sich gerade noch abfangen an der Reling. Die Sicht von Land aus wird immer schlechter. Nur einzelne Szenenbilder können noch verfolgt werden. Meine Augen sind bestimmt krebsrot vom starren auf die See bei strömendem Regen. Das Kajütboot wird in Schlepptau genommen und ein dreifaches Signal des Rettungskreuzers signalisiert das Ende der Bergungsaktion.

Ich gehe in die Hocke und schließ meine Augen. Tränen rollen über meine Wangen. Oder sind es doch nur Regentropfen? . Wird die See den toten Seemann wieder hergeben? Wird man nach ihm suchen? Jetzt gleich, oder wenn sich die See beruhigt hat? Sanft spüre ich eine Hand auf meinem Rücken und schaue auf. Ein Polizist gibt mir mit Handzeichen zu verstehen zurück zur Promenade zu gehen. Ohne wirklich darüber nachzudenken setze ich mich in Bewegung. Ausgelaugt und müde erreiche ich die Promenade und trotte den Männern hinterher zum Yachthafen. Wir schweigen und folgen dem Weg. Der Wind ist hier ruhiger, nur leichte Böen. Der Regen hat nachgelassen.

Am Yachthafen wird der graue Himmel von blauen Blitzen durchzuckt. Ein Rettungswagen steht mit geöffneten Türen am Kai. Das Rettungsschiff hat das kleine Kajütboot bis zu den ersten Stegen geschleppt und festgemacht. Einsatzkräfte rennen auf den Stegen hin und her. Ärzte, Sanitäter, Polizisten und die Besatzung der „John T. Essberger". Hier geht es um Sekunden. Das Leben des zweiten Schiffbrüchigen muss gerettet werden. Die Männer arbeiten Hand in Hand. Jeder weiß was zu tun ist. Nur der Mann in der blauen Regenjacke und ich stehen verloren am Kai und beobachten die Aktivitäten. Die Szenerie wirkt gespenstisch und ist zugleich Realität.

Warum ist das Boot bei diesem Wetter in die offene See gefahren? Hat die Besatzung vorher nicht den Seewetterbericht abgefragt? Unvorstellbar. Das sind doch erfahrene Seeleute, jedenfalls der Kleidung nach zu urteilen. Die Person, die vom Notarzt behandelt wird, trug zuvor eine Öljacke und auch Gummistiefel. Jetzt liegt sie in einer Wärmedecke. Der Abtransport zum Krankenwagen wird vorbereitet. Mehrere Männer heben gleichzeitig die Trage an, ein Notarzt kümmert sich um die Infusion. So gelangt der Trupp zum Rettungswagen. Nach dem schließen der Türen startet dieser sofort.

Erst jetzt, nachdem sich der Pulk von Menschen von dem Boot gelöst hat, erkenne ich eine Plane die ausgebreitet über der Reling hängt. Was ist darunter? Wurde der zweite Seemann bereits geborgen? In meiner Erinnerung lässt kein Detail darauf schließen, dass der Rettungskreuzer eine Person aus dem Wasser gezogen hat. Während ich überlege kommen die Polizisten zurück. Auch ihnen merkt man den schweren Einsatz der letzten Stunde an. „Wir müssen sie bitten noch zu bleiben, damit wir ihre Personalien aufnehmen können." Ich nicke dem Beamten zu. „Fühlen sie sich in der Lage eine Zeugenaussage zu machen?" Die Beamten schauen zur mir und dann zu dem Mann. Wir nicken beide.

Die Beamten weisen auf einen Einsatzwagen in dem wir Platz nehmen können. Sie wenden sich ab und wollen gehen, doch mit zwei Schritten bin ich bei ihnen. „Was ist mit der zweiten Person von dem Schiff? Läuft eine Suchaktion?" Die Beamten senken den Blick zu Boden. Doch der Mann in der Regenjacke steht neben mir und schaut die Polizisten an. Auch er erwartet eine Antwort. Die Beamten werfen sich Blicke zu. Blicke die alles bedeuten können. Sollen wir etwas sagen? Wahrheit? Lüge? Ausrede? Doch der Blick von dem Mann und mir lässt nur eines zu: Die Wahrheit. Der Beamte räuspert sich. „Wir haben an Bord zwei Personen gefunden. Eine Person ist leicht verletzt, stark unterkühlt und geschwächt. Der Abtransport ins Krankenhaus ist bereits erfolgt." Richtig. Das haben wir gesehen. „Wo ist die zweite Person? Warum wird sie nicht ärztlich versorgt?" frage ich hartnäckig weiter. Erneut ein Blick zwischen den Beamten, dann ein Nicken. „Die zweite Person wurde tot an Bord des Schiffes gefunden. Im

Rücken ein Messer. Es handelt sich um die Person, die ständig mit den Armen in der Luft gerudert ist."

Ich drehe mich um. Für ein paar Minuten will ich allein sein. Die Person war nicht nur in Seenot, sie war auch in Lebensgefahr. Mir fallen die zwei Blitze ein. Aber nein, darüber will ich jetzt nicht mehr nachdenken. Langsam begebe ich mich zum Mannschaftsbus um meine Personalien feststellen zu lassen und meine Aussage zu Protokoll zu geben.

Cleverer Dieb

In den Sommermonaten steht das Ausflugsziel Burg auf Fehmarn nicht auf meinem Programm. Während dieser Zeit haben die Touristen den kleinen, beschaulichen Ort fest im Griff. Eine endlose Autokarawane zieht sich durch den Ort, und einen Parkplatz zu finden ist aussichtslos. Vor den Toren von Burg befindet sich ein großes Industriegebiet, welches in den letzen Jahren kontinuierlich ausgebaut wurde. Gäste, Schulklassen und auch Einheimische werden angelockt vom Meereszentrum Fehmarn. Die größten Attraktionen sind der Rifftunnel und die Haifischwelten. Burg ist ein Nadelöhr und hat eine Besonderheit in der Straßenführung. Man fährt in den Ort, kommt am Industriegebiet vorbei, dann zum neugebauten Kreisel und weiter Richtung Innenstadt. Die Innenstadt besteht aus einer einzigen großen Straße, die noch vollständig vom Kopfsteinpflaster befallen ist und wenn man sich einmal für die Innenstadt entschieden hat, gibt es kein zurück. Einbahnstrasse! Dann muss man weiterfahren bis fast zur Kirche und kommt dann über die Feuerwache wieder zum Ausgangspunkt zurück. Entweder man fährt nochmals durch die Hauptstrasse – in der Hoffnung auf einen Parkplatz – oder verlässt genervt den Ort Richtung Industriegebiet.

Ganz anders stellt sich das Bild des kleinen Ortes im März oder April dar. Noch herrscht die Ruhe vor dem Sturm. Jetzt hat jeder die Möglichkeit den Ort kennen zu lernen, die Geschäftswelt zu erobern und sich das historische Rathaus anzuschauen. Der größte Ort der

Insel Fehmarn ist zu jeder Jahreszeit ein Anziehungspunkt.

Mitte April. An einem Dienstagmorgen stehe ich mit einer Tasse Kaffee in der Hand in meiner Küche. Gerade habe ich meine Tageszeitung geholt. Ein Blick in den Himmel zeigt mir leichte Bewölkung an. Das richtige Ausflugswetter und spontan entscheide ich mich für Burg auf Fehmarn. Vielleicht ist das die letzte Möglichkeit ungestört im Ort zu fotografieren. Gemütlich packe ich meinen Rucksack, kontrolliere meine Kamera und verstaue meine Kladde.

Mit dem Auto geht es von Oldenburg über das neue Teilstück der Autobahn bis Gremersdorf. Eine zügige Fahrt. Bis Heiligenhafen muss ich mich in Geduld üben, denn die Strecke hat eine Geschwindigkeitsbegrenzung durch die Baustelle. Hinter Heiligenhafen habe ich freie Fahrt auf der B 207. An Großenbrode vorbei, über die Fehmarnsundbrücke und an der zweiten Abfahrt auf der Insel Richtung Burg. Am Industriegebiet vorbei, durch den neuen Kreisel und zur Innenstadt. Parkplätze sind ausreichend vorhanden und ich kaufe ein Parkticket. Der Himmel über Burg ist leicht bewölkt. Die Temperaturen erlauben es, dass ich meine Jacke im Auto lassen kann. Ich schultere den Rucksack und mache mich auf den Weg.

Mein erstes Ziel ist das Rathaus von Burg. Noch sind wenige Passanten auf der Strasse und so kann ich gute Aufnahmen erzielen. Auf der Seite gegenüber dem Rathaus drängen sich alte Häuser mit unterschiedlichem Baustil aneinander und so manches Häuschen ist ein richtiges Schmuckstück. Es sind auch moderne Bauten vorhanden, in denen die Banken und die zwei großen Modehäuser residieren. Dazwischen liegen kleine Geschäfte, Cafes und Restaurants. Für heute ist mein letztes Foto im Kasten und ich schaue mich um nach einen netten Cafe. Vor einigen Jahren hat es eines gegeben, direkt am Markt. Aber heute wird alles umgestellt auf die schnelle Tasse Kaffee am Bistrotisch. Mein Blick geht die Strasse hinauf und hinunter. Doch nur ein Selbstbedienungscafe kann ich entdecken das in einiger Entfernung zu mir ist.

Umgehend mache ich mich auf den Weg. Auf den seitlichen Parkplätzen am Markt sticht mir ein schwarzer Jeep Cherokee ins Auge. Mein Traumauto! Glänzend steht er vor mir, sieht aus wie fabrikneu. Aus meinem Rucksack hole ich meine Kamera hervor. Wenigstens ein Foto von diesem Auto will ich haben, denn mein Geldbeutel wird nie ausreichen um mir ein solches Auto leisten zu können. Auch andere Passanten sind auf das Schmuckstück aufmerksam geworden und betrachten das Auto mit unterschiedlichen Blicken. Neidvoll, begeistert oder kopfschüttelnd. Wer kann sich ein solches Auto leisten? In Gedanken male ich mir einen Mann zwischen dreißig und vierzig Jahren aus, gutgebaut, sonnengebräunt, längere Haare und einen Designeranzug. Er könnte eine Rolex tragen, eine goldene Kette und einen Ohrstecker. Aber Hallo! Male ich gerade in Gedanken zum Traumauto den Traumtyp? Unwillig über meine Gedanken schüttle ich den Kopf. Das Auto ist ein Hingucker. Immer mehr Passanten nähern sich dem Fahrzeug, versuchen einen Blick durch die getönten Scheiben zu erhaschen.

Mein Kaffeedurst meldet sich und ich wende mich von dem Auto ab. Ich schlendere zum Selbstbedienungscafe. Draußen stehen Bistrotische. Einige sind belegt. Meine Entscheidung ist bereits gefallen. Drinnen werde ich mir einen Kaffee holen und mich dann hier draußen hinstellen. Doch den letzten Schritt ins Cafe setze ich nicht. Ein entsetzliches Geheul durchschneidet die normale Geräuschkulisse. Das ist Feueralarm ist mein erster Gedanke. Nicht weit von hier ist die Feuerwache, deshalb wird wohl die gesamte Innenstadt beschallt. Doch der Ton ist durchdringend und konstant. In meiner Erinnerung über Feueralarm krame ich heraus, dass der Heulton in drei Teilen gesendet wird. Auf keinen Fall konstant.

Wo ist das Feuer? Ich gehe zurück auf den Bürgersteig, doch kein Qualm ist am Himmel zu sehen. Die Menschen auf den Bürgersteigen schauen sich um, einige Autofahrer sind angehalten. Vielleicht wollen sie Rettungsfahrzeuge vorbei lassen. Wer oder was macht so einen wahnsinnigen Lärm? Warum kann keiner dieses Geheul abstellen? Eine aufgeregte Stimme meldet sich: „Das kommt oberhalb vom Markt. Das ist ein Banküberfall. Die haben Alarm ausgelöst." Der Mann, wahrscheinlich schon im Rentenalter, in Cordhose und blauer Jacke, schien zu wissen worüber er sprach. Wo blieb die Polizei? Seit vier Minuten hält der Heulton an.

Die Menschen um mich herum bewegen sich Richtung oberer Markt zu den Banken. Meine Neugier ist geweckt und ich schließe mich an. Einen Banküberfall live verfolgen, das hat schon etwas von Nervenkitzel und Gänsehaut. Auf Höhe des Rathauses bleibe ich abrupt stehen. Sollte sich hier wirklich ein Banküberfall abspielen, dann gehört er in die Kategorie Pleiten, Pech und Pannen. Keine Polizei. Keine Feuerwehr. Kein Rettungswagen. Im Gegenteil. Die Bankangestellten selbst sind Zuschauer und Mithörer des Heultons. Kein Banküberfall. Wurde eines der Kaufhäuser überfallen? Nein, ausgeschlossen. Einige der Zuschauer tragen Namensschildchen und gehören zum Kaufhaus. Das sind Angestellte.

Fast aus jedem Geschäft am Markt sind mittlerweile die Inhaber und deren Kunden vor die Tür getreten. Dieses Geheul bringt das ganze Städtchen auf die Beine. Ich kann den Heulton nicht lokalisieren. Er kommt aus allen Richtungen. Hinter mir aus dem Rathaus strömen Mitarbeiter, um der Frage des Lärms beizukommen. Damit kann ich auch Gefahr für die Stadtoberhäupter ausschließen.

Noch immer keine Polizei. Ob dort schon jemand angerufen hat? Weit und breit kann ich keinen Einsatzwagen entdecken. Ich beruhige mich mit den Gedanken, dass hier genügend Menschen sind. Sollen andere Initiative zeigen. Warum gerade ich? Den Banküberfall habe ich gedanklich abgehakt. Das kann nicht stimmen. Soweit ich freien Blick habe, ist im Kaufhaus alles in Ordnung. Auch aus den kleinen Einzelhandelsgeschäften, Cafes und Restaurants sind Besitzer, Gäste und Kunden herausgekommen. Hier ist niemand in Gefahr. Wer aber ist in Gefahr? Was ursacht diesen Lärm? Darauf finde ich keine Antwort und die Passanten um mich herum auch nicht. Das Geheul bleibt der Stadt Burg erhalten.

Plötzlich sind schnelle, klackernde Schritte zu hören. Ein Mann mit Bauchansatz, schlecht sitzendem Anzug und Glatze, in der Hand einen Aktenkoffer strebt an den Passanten vorbei. Ich höre Worte wie „Entschuldigung" und „Sorry". Die Person stoppt direkt vor dem Cherokee. Mit einem Klack entriegelt sich das Fahrzeug und dann ist es still. Eine Stille in der das Rauschen der Bäume laut ist. Beinahe fünfzehn Minuten sind wir der Beschallung ausgesetzt gewesen. Der Mann sitzt bereits in seinem Auto, macht nochmals verzeihende Gesten und fährt davon.

Wie betäubt bleiben viele Passanten noch stehen. Einige finden erste Worte. „Unglaublich" – „Eine Zumutung" – „Noch nie erlebt". Andere benutzen Gesten. Kopfschütteln, Schultern zucken, Finger zur Stirn.

Mich beschäftigen Fragen. Wie konnte der Alarm ausgelöst werden? Wahrscheinlich durch einen Gucker, der überall am Auto hingefasst hat. Warum hat der Besitzer so lange gebraucht um zu seinem Fahrzeug zu kommen? Vielleicht saß er beim Zahnarzt auf dem Stuhl und musste das Ende der Behandlung abwarten. Langsam setze ich mich in Bewegung um endlich einen Kaffee zu bekommen. An einem der Bistrotische finde ich einen Platz und da schießt mir eine weitere Frage durch den Kopf. Wird mein Traumauto wirklich mit einer so lauten Alarmanlage geliefert? Sicherheit ist ja gut und schön, aber dafür gibt es doch bestimmt Grenzen.

Auf der Rückfahrt fällt mir ein, dass der Mann überhaupt nicht meinen Vorstellungen entsprach. Ich muss schmunzeln. Ein Mann mit Halbglatze,

Bauchansatz, und schlecht sitzendem Anzug passte nicht zu diesem Auto.

Am nächsten Tag entdecke ich in meiner Tageszeitung einen interessanten Artikel:
Dreister Dieb: Am gestrigen Vormittag wurde in Burg auf Fehmarn ein Juweliergeschäft in einer Nebenstrasse am Markt überfallen. Der gewiefte Räuber erbeutete Schmuck im Wert von 200.000 Euro. Der Juwelier wurde von einem Kunden zwanzig Minuten nach dem Überfall gefesselt gefunden. Mit einem Trick zog der Dieb Geschäftsinhaber, Angestellte und Passanten auf die Strasse. Ferngesteuert löste er an seinem PKW, einem Cherokee Alarm aus. Mit einem Verstärker in der Alarmanlage verursachte er einen Heulton, welcher rund fünfzehn Minuten über der Burger Innenstadt lag. Die Polizei bittet, dass sich Zeugen melden, die eine Beschreibung des Täters geben können.

Dieb an Bord

Wärmende Märzsonne lockt mich heute nach Puttgarden. Um das Fährschiff, die „Prinz Hotte" pünktlich zu erreichen, muss ich mich sputen. Rucksack packen, die Kamera kontrollieren und den Autoschlüssel vom Schlüsselbrett greifen. Mit dem Auto fahre ich in Oldenburg auf die Autobahn Richtung Puttgarden. Die Fahrt geht sehr zügig. In der langen Baustelle komme ich gut voran. An Heiligenhafen und Großenbrode vorbei geht es über die Sundbrücke. Die Sonne hält sich über der Ostsee und auf dem Wasser entsteht ein Glitzern. Auf dem Festland der Insel Fehmarn fahre ich die B 207 durch bis Puttgarden. Den Hinweisschildern entsprechend sortiere ich mich für das Parkgelände ein. Mit dem Rucksack auf dem Rücken kontrolliere ich nochmals, ob das Fahrzeug verschlossen ist. Ich gehe die Treppen hinauf und dann weiter in den Raum mit den Fahrkartenautomaten. Mit dem Ticket in der Hand folge ich dem langen, verglasten Gang zum Einstieg für die Passagiere.

Gerade fährt die "Prinz Hotte"" in das Hafenbecken hinein und wird in wenigen Minuten anlegen. Vor der geschlossenen Tür befinden sich wenige Fahrgäste. Eine Familie mit drei Kindern, ausgerüstet mit Rucksäcken und in hektischem Treiben steht seitlich von mir. Der Vater hat eine Kamera in der Hand und nimmt die einlaufende „Prinz Hotte" auf. Ein Rentnerehepaar, eingehakt und gut verpackt in warme Jacken harrt ebenfalls der Ankunft. Eine junge Frau, die immer wieder den langen Gang zurückschaut erwartet wohl noch Familie oder Freunde. Die „Prinz

Hotte" liegt im Hafen fest. Ein Mitarbeiter der Fährlinie befestigt den Landgang und die ersten Passagiere kommen von Bord.

Dann öffnet sich unsere Tür. Der Mitarbeiter reißt die Karte ein und es geht an Bord. Zuerst begebe ich mich auf das Sonnendeck. Es ist leer. Die Fähre wird noch entladen und ich nutze die Zeit für Fotoaufnahmen. Nur ein leichter Wind, der noch etwas kühl ist, streift mein Gesicht. Allmählich kommen die ersten Passagiere aus den Parkdecks auf das Sonnendeck. Noch ein Foto zur Mole hin und für heute habe ich meine Bilder im Kasten. Mit einem guten Gefühl gehe ich die Treppe hinab in das Schiff. Noch ist die Einkaufsmeile geschlossen und in den Restaurants wird von den Mitarbeitern letzte Hand angelegt. Für die nächste Fährpassage soll alles blinken und blitzen. Ich schlendere an den Auslagen der Shops vorbei und erreiche das Selbstbedienungsrestaurant als es gerade öffnet. Spontan entscheide ich mich für einen Kakao und suche mir einen Platz vor dem großen Panorama-Fenster.

Das Restaurant füllt sich und ein Blick zurück in den Gang zeigt mir, dass immer mehr Passagiere aus den Parkdecks kommen. Meine Aussicht ist phantastisch. Leider kann ich mit meiner Kamera keine Aufnahmen durch das Panorama-Fenster machen. Das bedaure ich etwas, aber auf dem PC habe ich dann nur gespiegelte Bilder, an denen sogar der Dreck von den Fenstern zu sehen ist. So erfreue ich mich nur an der Aussicht. Ein Grund, warum ich gerne mit einer dänischen Fähre fahre, ist die Vielfalt der Sprachen. Zur einen Seite höre ich Englisch, zur anderen Seite eine skandinavische Sprache. Dänisch oder Schwedisch.

Tische und Stühle finden Gäste und der Geruch verschiedener Speisen umweht mich.

Dann spüre ich es. Die Fähre setzt sich in Bewegung und zieht zur Mole. Nicht mehr lange und wir werden in der offenen See sein. Aufgrund der klaren Sicht werde ich Rödbyhavn schon bald sehen. Auf dem Gang hinter mir ist viel Bewegung. Die Einkaufsmeile ist geöffnet und die ersten Gäste kommen mit ihren Einkäufen zurück. Die Taschen beinhalten wohl Kosmetik, Zigaretten, und Alkohol. Schade, für mich lohnt sich ein Einkauf hier nicht, aber auf der Rückfahrt werde ich meine verbilligte Schachtel Zigaretten holen.

An einem der Pfeiler im Selbstbedienungsrestaurant erkenne ich die Frau wieder, die mit mir am Eingang zum Fährschiff stand. Ob sie ihre Familie oder Freunde gefunden hat? Ich genieße die Aussicht und entdecke eine Fähre die uns entgegenkommt. Bald werden diese Passagiere Puttgarden erreicht haben. Soll ich meine Kladde herausholen? Doch die Sicht auf die Ostsee mit den sich abwechselnden Farben des Wassers ist zu schön. Je nachdem, wie die Sonne scheint wechselt die Wasserfarbe. Glitzern, dunkelblau, etwas heller und weiße Gischt. Das Panorama beruhigt mich. Um mich herum fließt das Leben. Die kleine Seereise ist sehr angenehm und trotz der vielen Menschen gibt es wenig Hektik. Bei einem Blick durch das Restaurant, sehe ich die junge Frau noch immer am Pfeiler stehen. Was beobachtet sie? Den Gang zu den Einkaufsshops? Warum setzt sie sich nicht? Hat sie ihre Familie oder Freunde beim Einstieg verpasst? Beim Einsteigen habe ich gar nicht mehr darauf geachtet. Fast die Hälfte der Fahrt liegt hinter mir und ein Blick aus dem Panoramafenster lässt die Küste von Dänemark erkennen. In Rödbyhavn, während die Fähre entladen wird, will ich nochmals auf Fotosafari gehen. Ein paar Aufnahmen von den dänischen Fähranlagen.

Aus meinen Rucksack will ich mir etwas zu trinken holen, da greift eine Hand nach mir und im nächsten Moment sitzt die junge Frau auf dem freien Stuhl neben mir. „Wenn jemand kommt und fragt, dann gehören wir zusammen." Ich schlucke und betrachte die Frau genauer. Ihre Gesichtszüge sind hart, die Augen wieseln hin und her. Sie trägt eine schwarze Hose, die mächtig Falten schmeißt und einen blauen Anorak, der bis zum Hals geschlossen ist. Das Haar, zu einem Zopf gebunden, hängt über der Kapuze. Die Hand, die immer noch auf meinem Unterarm ruht ist beringt. Nur eine kleine Tasche trägt sie bei sich, die sie krampfhaft umklammert. Warum möchte die Frau zu mir gehören? Wer fragt hier an Bord danach, ob jemand allein oder zu zweit reist. Diverse Fährfahrten habe ich bereits absolviert, aber Fragen wurden mir nie gestellt. „Die Information finden sie im Mittelgang", erzähle ich der Dame. Dafür ernte ich ein Kopfschütteln. Möchte sie ein Gespräch schießt mir ein Gedanke durch den Kopf. Aber so wie sie sich verhält, kann ich das nicht glauben. Ich bin verunsichert und möchte gerne meinen Arm wieder frei zur Verfügung haben, doch als ich den Versuch unternehme mich zu lösen, wird der Griff fester. „Lassen sie das." Meine Unbehaglichkeit verstärkt sich und ich schaue mich um. Doch niemand scheint diese Situation zu verfolgen.

Ihr Blick geht Richtung Ausgang aus dem Restaurant und den Gang entlang zu den Shops. Sie sucht jemanden, denke ich mir. Hat sie sich hier verabredet? Mit der anderen Hand greife ich zur Kakaotasse. Nehme den letzten Schluck und würde mir gerne noch eine Tasse holen. Doch nach Lage der Dinge sitze ich hier fest. „Machen sie den Rucksack auf." Aber Hallo. Warum soll ich das tun? Möchte sie etwas von meinen Getränken? Dann kann sie auch höflich darum bitten. Der Druck um meinen Arm verstärkt sich noch mehr. „Machen sie schon." Mit der anderen Hand hole ich den Rucksack auf meinen Schoß. Mit nur einer Hand öffne ich das Mittelfach. Die Frau hat ihre Handtasche geöffnet, greift hinein und im nächsten Moment verschwindet ein Päckchen in meinem Rucksack. Ich bin erschrocken und möchte etwas einwenden, doch die folgenden Worte lassen mich verstummen. „Seien sie still.

Die schöne Fährfahrt entwickelt sich für mich zum Albtraum. Ich sitze hier mit einer Frau, die ich nicht kenne und die mich zwingt bei ihr zu bleiben. In meinem Rucksack befindet sich ein Päckchen, dessen Inhalt ich nicht kenne. Während ich die Küste von Dänemark auf mich zukommen sehe, schaut die Frau immer in den Gang hinein. Wird sie verfolgt? Vielleicht wegen diesem Päckchen? Ob die Frau mich auf die Toilette gehen lässt? Wohl kaum. Soll ich versuchen mit anderen Fahrgästen in Kontakt zu kommen? Das kann gefährlich werden. Vielleicht dreht die Frau dann durch. Es ist warm im Restaurant. Warum zieht sie nicht die dicke Jacke aus. Kleine Schweißperlen sehe ich auf ihrer Stirn und an der Oberlippe.

„Ich gehe jetzt auf das Sonnendeck", sage ich zu der Dame. „Das werden sie nicht tun. In der Tasche habe ich eine Waffe. Lassen sie es nicht darauf ankommen." Hilfe, ich bin eine Geisel schießt es durch meinen Kopf. Auch mir bricht der Schweiß aus. Ich habe Angst. „In Rödbyhavn gehen wir von Bord. Machen sie keine Zicken." Noch nie habe ich das Fährschiff verlassen. Meine Passage geht mit dem gleichen Schiff zurück nach Puttgarden. Wieder schaue ich mich um nach den anderen Passagieren, doch auf meine Situation ist niemand aufmerksam geworden. Warum auch? Es ist doch ganz natürlich, dass zwei Damen während der Überfahrt etwas trinken.

Wir sind jetzt kurz vor der Mole. Die Lautsprecherdurchsage ertönt. „Verehrte Fahrgäste. In wenigen Minuten erreichen wir Rödbyhavn. Wir bitten die Fahrgäste in ihren Fahrzeugen wieder Platz zu nehmen und auf die entsprechenden Hinweise des Bordpersonals zu achten. Wir danken ihnen, dass sie mit unserer Fährlinie gereist sind." Die Durchsagen werden noch in Englisch und Skandinavisch wiederholt.

Und ich? Ich habe keinen Platz in einem Fahrzeug und die Dame neben mir auch nicht. „Wir bleiben noch sitzen", sagt die Frau. Ich bestätige die Information mit einem Nicken. Gerne würde ich sitzen bleiben, bis das Fährschiff Rödby wieder verlässt. Wir sind bereits durch die Mole gefahren und befinden uns im Hafenbecken. Die Bugklappe ist geöffnet und um uns herum sind nur noch wenige Passagiere. Das Personal räumt auf. Leert Aschenbecher, putzt Tische, räumt zurückgebliebenes Geschirr ab. Ob ich jemanden vom Personal anspreche und um Hilfe bitte. Die Dame muss meine Gedanken gelesen haben. „Wagen sie es nicht." Wohl oder übel muss ich das schöne, weiße Fährschiff verlassen.

Das Schiff liegt im Hafenbecken und die Trossen werden befestigt. Die ersten Fahrzeuge dürfen die Fähre bereits verlassen. „Stehen sie auf. Gehen sie langsam zum Ausgang. Denken sie daran, ich bin hinter ihnen und habe eine Waffe, von der ich auch Gebrauch mache." Nur mit einem Kopfnicken bestätige ich diese neue Information und begebe mich mit meinem Rucksack auf dem Rücken zum Landgang. Dieser wird gerade vom Personal geöffnet. Nur wenige Menschen stehen hier. Das kann meine letzte Chance sein um Hilfe zu bitten. Ich zögere, bin unsicher. Ja oder Nein. Der Mann in Borduniform sieht nett aus und jetzt treffen sich auch unsere Augen. Dem kann ich mich anvertrauen. Doch ein Schubs von hinten und ein erneutes zischen mit den Worten „Gehen sie endlich!", lässt mich innehalten. Der Moment ist vorbei. Ich bin dieser Frau in meinem Rücken ausgeliefert.

Vorbei an dem freundlichen Mann trete ich in die Schleuse und hinaus auf den Gang. Ähnlich wie in Puttgarden sind die Fähren für Fußgänger nur über lange Glastunnel zu erreichen und eine Treppe führt dann hinunter in die Fähranlage. Ich drehe mich um, denn ich möchte einen letzten Blick auf das schöne, weiße Fährschiff, die „Prinz Hotte" werfen, das ich unfreiwillig verlasse und ernte dafür einen erneuten Bodycheck. „Gerade aus gehen. Bis zur Treppe. Drehen sie sich nicht mehr um. Das ist die letzte Warnung." Gehorsam setze ich meinen Weg fort, und über meine Wangen rollen Tränen. Ein Mix aus Wut und Angst begleitet mich den langen Weg zu den Treppen.

„Wenn wir unten sind dann nach links gehen. Dort steht ein blauer Ford. Sofort einsteigen." Damit stirbt meine letzte Hoffnung in wenigen Minuten am Ausgang frei zu sein. Die Frau, und wahrscheinlich ein Komplize, werden mich als Geisel mitnehmen. Noch mehr Tränen rollen über meine Wangen. Die wenigen Passagiere, welche den Landgang genutzt haben sind schon weit voraus, teilweise die Treppen schon hinunter. Keine Hilfe ist mehr zu erwarten. Ich versuche mein Tempo niedrig zu halten, doch dafür bekomme ich einen Stoss in den Rücken und höre wieder die Stimme. „Gehen sie weiter. Beeilen sie sich." Der Stoss in meinen Rücken schmerzt und morgen wird sich ein blauer Fleck zeigen. Gibt es noch ein Morgen für mich? Wahrscheinlich können die mich gar nicht mehr freilassen. Die Dame kann ich schon beschreiben und den Komplizen werde ich bald sehen. Damit bin ich verloren.

Das Ende des Ganges ist erreicht. Meine Hand geht zum Handlauf, denn ich möchte nicht stolpern. Ich hebe mein Bein und will zur ersten Treppenstufe treten. Ein mächtiger Blitz trifft mich, er ist so grell, dass ich danach nur Punkte sehe. Jemand reißt mich nach hinten und ich lande mit Rucksack auf dem Rücken und Zappel wie Karl der Käfer in der Luft. Ein Schrei entringt sich meiner Kehle und noch einer und noch einer. Bis jemand an mir rüttelt und ich den Mut finde die Augen zu öffnen.

„Es ist vorbei. Bleiben sie ganz ruhig." Die Stimme des Mannes ist freundlich, vertrauenserweckend. Was ist vorbei, ist einer meiner ersten Gedanken. Der Mann mit blauer Hose und weißer Winterjacke kommt mir bekannt vor. Doch in meinem Kopf findet eine Karussellfahrt statt. Jeder neue Gedanke reiht sich in den Kreislauf ein. Es dauert ein Weilchen, bis ich in eine sitzende Position gelange. Der Mann bleibt an meiner Seite und nun kann ich mich auch erinnern. In Puttgarden ist er mit einer Frau und drei Kindern an Bord gekommen. „Machen sie ganz langsam. Ein Arzt ist unterwegs." Die Augen des Mannes ruhen auf meinem Gesicht. Er sieht besorgt aus. Vorsichtig schaue ich mich um. Am Boden liegt die Frau. Ihre Hände sind auf dem Rücken mit Handschellen gefesselt. Polizisten stehen neben ihr und helfen jetzt beim Aufstehen.

Ein bitterböser Blick trifft mich und ein Zittern in meinem Körper macht sich breit. Wie Sturzbäche kommen die Tränen. Ich schluchze. Der freundliche Mann hält mich fest, spricht irgendwelche Worte, die mich nicht wirklich erreichen, aber allein die Stimme beruhigt mich. Dann ist neben mir eine weitere Person. Der Arzt ist eingetroffen. Er spricht Dänisch. Richtig, ich bin ja in Rödby von der Fähre gegangen. Der Mann übersetzt und erklärt mir, dass ich eine Beruhigungsspritze bekomme. Das Zittern und Beben wird abflachen.. Ich nicke, zu mehr bin ich nicht fähig.

Noch einige Minuten bleibe ich an den Treppenstufen sitzen. In meinem Kopf bilden sich erste Fragen. Je mehr ich wieder Herr über meinen Körper bin schießen die Fragen in meinem Kopf ab, wie in einem Flipperautomaten bei dem sich ständig die Punktzahl erhöht. Was für ein Blitz war das? Wer ist der freundliche Mann? Woher kamen die Polizisten? Und was ist mit der Person im blauen Ford? Ich sehe mich um, denn diese Fragen möchte ich jetzt jemandem stellen. Der Mann in der weißen Jacke ist noch im Gespräch mit den Beamten. Verstehen kann ich nichts, denn die Unterhaltung läuft auf Dänisch. Der freundliche Arzt ist wieder neben mir und fragt: „Okay?" Ein internationaler Ausdruck, den ich ihm mit einem Nicken bestätige.

Der Mann in der weißen Jacke gesellt sich zu uns und spricht nochmals mit dem Arzt. „Wie fühlen sie sich", fragt er mich. Gerne würde ich mit einer Gegenfrage antworten, doch ich nicke ihm lediglich zu. Der Arzt verabschiedet sich und verlässt den Schauplatz. „Kommen sie hoch von dem kalten Boden. Hier ist ein Raum. Dort können wir uns unterhalten." Langsam komme ich auf die Füße, ziehe mich am Geländer hoch und spüre den Pudding in meinen Beinen. Der Schock sitzt tief. Untergehakt bei dem Mann erreiche ich den Raum und einen bequemen Stuhl. „Das war viel Aufregung. Aber sie haben sich toll verhalten." Der Mann strahlt über das ganze Gesicht. „Mein Name ist Hauptkommissar Plöger. Bereits seit Puttgarden haben wir sie und ihre Begleiterin nicht mehr aus den Augen gelassen." Mehr als ein Nicken bringe ich nicht zustande. Die haben gewusst, dass ich in Gefahr bin, ist mein erster Gedanke und zu dem gesellt sich Wut, Enttäuschung und Frust. Warum wurde ich dieser Gefahr ausgesetzt?

„Sie haben der deutschen und dänischen Polizei einen dicken Fisch vor die Füße gelegt." Ich schaue Hauptkommissar Plöger an und hoffe, dass er weiterspricht. „Die Dame ist seit Jahren spezialisiert auf Diamantenschmuggel." Ich nicke und frage: „Was ist mit dem blauen Ford?" „Keine Sorge, auch die Person konnte festgesetzt werden. Es handelt sich dabei um den Komplizen der Dame." Erneut ein Nicken von mir. „Jetzt muss ich sie noch bitten, mir ihren Rucksack zu geben." In meine Erinnerung kommt das Päckchen zurück und ich hole es aus dem Rucksack und übergebe es dem Kommissar. Eigentlich ist jetzt alles gesagt. Und doch ist da eine Frage die noch stellen muss. „Hatte die Frau eine Waffe?" Mein bittender Blick um Antwort lässt den Kommissar kurz zögern, dann folgt ein Nicken.

„Kann ich noch etwas für sie tun?" „Ja, bitte. Wann geht die nächste Fähre zurück nach Puttgarden." Sie dürfen unter Polizeischutz in zwanzig Minuten mit der „Lotte" zurückfahren.

Bestsellerautor zu Gast

Im kulturellen Sektor ist meine kleine Heimatstadt nicht immer an der Spitze zu finden, wenn es um Attraktionen geht. Doch dieses mal hat sich meine Stadt übertroffen. Der Bestsellerautor Gregor Morten, dessen Buch „Sex & Leidenschaft" seit Wochen die Nummer Eins ist, gibt sich anlässlich einer Buchlesung in der Bibliothek die Ehre. Bereits seit Wochen sind die Eintrittskarten ausverkauft. Jeder möchte den neuen Star am Literaturhimmel live erleben. Nicht nur sein Buch schlägt hohe Wellen, sondern auch der Autor selbst. Schnell ist er zum Frauenschwarm avanciert.

Seit 19.00 Uhr ist Einlass in die Bibliothek. Ein Blick verrät mir, dass fast alle Plätze bereits belegt sind und bis zum großen Auftritt sind es noch dreißig Minuten. Ich spüre greifbare Unruhe, Taschen klicken auf und zu, Lippenstifte werden nochmals gezückt und das Taschentuch benutzt. Mein Platz befindet sich fünf Reihen vom Podium entfernt. Auf dem Podium befindet sich ein Tisch und ein Stuhl. Auf dem Tisch steht ein Wasserglas und eine Selterslasche. Seitlich davon ist ein Büchertisch mit dem Bestseller „Sex & Leidenschaft" aufgebaut, denn im Anschluss an die Lesung wird es eine Autogrammstunde geben. Mein Exemplar, welches ich mir schon vor zwei Wochen gekauft habe, halte ich fest in den Händen. Insgeheim hoffe ich auf eine persönliche Widmung des Autors.

Der Geräuschpegel steigt. Noch zehn Minuten bis zum großen Auftritt. Eine elegant gekleidete Dame mit roter Brille kommt aus dem hinteren Bereich der

Bibliothek. Sie schaut sich um, spricht mit einem Herrn im dunklen Anzug und weist zur Tür. Der Mann setzt sich umgehend in Bewegung. Nochmals mit strengem Blick wandert die Frau über die Reihen der Gäste, wobei die weiblichen Zuhörer in der Mehrheit sind. Die könnte ruhig freundlicher schauen, jagt mir ein Gedanke durch den Kopf. Der Lesungsabend ist ausverkauft, die Presse ist vertreten und der Buchumsatz wird heute bestimmt auch noch gesteigert. Mit raschen Schritten entfernt sich die Dame wieder. Jetzt muss es jeden Moment beginnen.

20.00 Uhr. Die Spannung ist kaum auszuhalten. Erneut kommt die Dame mit der roten Brille und dem Kostüm in beige auf die Bühne. „Herzlich Willkommen heute Abend. Wir freuen uns sehr Ihnen den zur Zeit angesagtesten Autoren der deutschen Literatur zu präsentieren. Gregor Morten!" Applaus setzt ein und einige Damen stehen auf. Schwungvoll betritt Gregor Morten das Podium. Er verbeugt sich, nimmt den Applaus entgegen und wirft sein strahlendes Lächeln jeder Dame zu. Gekleidet in einem schwarzen Designeranzug mit moderner Krawatte macht er einen blendenden Eindruck. Der Applaus verebbt und neben ihm die Dame mit der roten Brille zeigt auf den Stuhl und tritt zur Seite. Gregor Morten rückt ihn etwas ab und verbeugt sich nochmals vor dem Publikum. Dann ist das Geräusch einen Sektkorkens zu hören und im nächsten Moment knickt der Autor ein und sackt zu Boden. Entsetzt schaue ich nach vorne. Hat er sich danebengesetzt? Warum hilft ihm niemand? Gott, wie peinlich. Doch Gregor Morten liegt verrenkt auf dem Podium und von ihm geht keine Bewegung aus.

Die Frau mit der roten Brille und dem beigefarbenen Kostüm winkt hektisch mit den Händen und herbei eilt der Mann im dunklen Anzug. Neben mir wird getuschelt. „Ein Schuss, das war ein Schuss." Unsinn denke ich. Das Geräusch war doch nur ein Plop. Da hat wohl jemand eine Flasche Sekt geöffnet zur Feier des Tages. Mein Blick geht wieder zum Podium. Ist ja ekelig wie der dort liegt. Und ist das rötliche nicht Blut. Ich schlucke heftig und ein leichter Würgereiz packt mich. Ich kämpfe dagegen an.

Sehr schnell arbeiten jetzt meine Gehirnwindungen. Da liegt ein Toter! Da liegt ein toter Bestsellerautor, der in unsere kleine zehntausend Seelengemeinde gekommen ist, um erschossen zu werden. Das ist ein Hammer! Das ist eine Sensation. Wahrscheinlich eine noch größere Sensation als sein Buch.

Polizisten stürmen herein, drängen zur Leiche um gleich darauf wieder verdrängt zu werden. Eine große Frau, gut gekleidet beugt sich über den Toten. Sie schaut auf, schaut ins Publikum und wieder zur Leiche. Dann dringen Fragen an mein Ohr. „War der nicht gestern noch in einer Talkshow? Warum kommt der hierher um sich erschießen zu lassen?" Die große Dame von der Kripo ist wohl genauso erstaunt wie alle anderen. Aus der Lesung wird nun nichts, aber der Showdown in der Bibliothek geht erst richtig los. Die Stimme der großen Kommissarin ist wieder zu hören und diesmal wendet sie sich ans Publikum. „Wer diesen Ort verlassen möchte, begibt sich bitte zum Ausgang. Dort wird ein Beamter die Personalien aufnehmen." Doch wer einmal drinnen ist, wird kaum freiwillig gehen, denn wann hat man schon mal die Möglichkeit so hautnah dabei zu sein.

Auch ich harre der Dinge und schaue mir die Besucher genauer an. Einige kenne ich persönlich, andere vom sehen, aber auch Fremde, vielleicht Urlauber wollten die Lesung genießen. Aber, aber... mein Gehirn schaltet wieder ein und ich blicke mich hektisch um, denn mir wird klar, dass in diesen Räumen jetzt ein Mörder ist. Verdammt! Gab es vorhin nicht eine Möglichkeit zu gehen? Wurde nicht angesagt, wenn man seinen Namen und Anschrift hinterlässt, darf man hinaus? Irgendwie habe ich diesen Punkt verpasst und nun bin ich mit einem Mörder in einer Art Wandelhalle. Die Polizei, die Spurensicherung und die Kommissarin... das sollte doch Sicherheit geben. Der Täter schießt doch nicht noch mal? Oder muss er nochmals schießen, um hier wieder heraus zu kommen? Es gibt nur einen Ausgang.

Ich schaue mir die Gesichter der Menschen an und suche nach dem Gesicht des Mörders. Aussichtslos! Wie sieht ein Mörder aus? Er hat doch kein Makel auf der Stirn. Die große Kommissarin wispert mit ihrem Team. Soll ich ihr meine Sorge mitteilen? Vielleicht hat sie keine Ahnung in welcher Gefahr wir uns alle befinden. In dem Moment als ich mich zu einem Entschluss durchgerungen habe, stürzen zwei Beamte auf eine Frau zu. Sie wird zu Boden gedrückt, die Hände zum Rücken gezogen und es klicken Handschellen. Wow, was für eine Action! Jetzt wird es in der Halle wirklich unruhig. Die Menschen haben ihre Starrheit verloren und blicken gebannt auf die neuen Szenen. Wer war diese Frau? Ich hatte sie noch nie gesehen, bis zu dem Moment, wo sie den Autor angekündigt hat. Dann verließ sie die Bühne wieder

und der Autor kam, klappte zusammen, viel zu
Boden...

„Meine Damen und auch meine Herren", sprach die
große Kommissarin. „ Ich kann Ihnen jetzt leider
keine Lesung mit dem Bestsellerautor bieten, aber die
Täterin habe ich schon dingfest gemacht. Sie dürfen
jetzt das Gebäude verlassen."

Irgendwie brauche ich Luft, denn die Luft war bei mir
raus und auch bei vielen anderen, denn der Ausgang
wurde regelrecht geentert. Am nächsten Tag
verkündet die Tageszeitung alles über Mord, Motiv,
Opfer und Täterin. „Sex & Leidenschaft" war von der
Veranstalterin, die sich rettungslos in den Autoren
verliebt hatte, sehr wörtlich genommen worden, wobei
dem Autor nicht der Sinn nach „Sex und
Leidenschaft" in der Realität stand.

Anmerkung der Autorin:

Meine Protagonistin erlebt die kleinen Begebenheiten in der Gegenwart. Ständige Begleiter sind ihr Rucksack, bestückt mit Kladde und Stift, sowie ihre Kamera. Außerdem hat seine eine Vorliebe für Krimis.